U0080459

這次一定要學會

日文法

吉松由美◎著

山田社
Shan Tian She

前言

學文法不必再痛苦！
文法記憶地圖＋輕鬆插圖，讓你一眼搞懂日語文法！
日文法就是這麼簡單！

想精通日文卻不得其門而入嗎？文法就是最重要的關鍵！

《這次一定要學會日文法》搭配了情境式插圖，並用視覺化的記憶地圖方式呈現，幫您整理初級日文法要點。再加上琅琅上口的記憶關鍵句，讓您一目了然印象深刻，再也不會搞不懂文法該怎麼用！

不僅如此，本書還收錄有日本生活、旅行常用的句子 670 句！讓您看劇、旅遊都實用！

想學會漂亮的日文，就從這裡開始！

本書特色

▲ 文法重點記憶地圖，讓您一眼看穿文法的秘密

本書利用視覺記憶方式，將文法、接續、意思，搭配琅琅上口的關鍵句，整理成一張記憶地圖。為的就是紮實您對文法的記憶，讓您在關鍵時刻，也能輕鬆說出漂亮的日語。

▲ 情境式插圖，學文法更有畫面

135 張趣味插圖搭配文法例句，讓人會心一笑，加深學習印象，讓您感覺學文法也可以這麼有趣！想忘記都很難！

▲ 多元例句，掌握文法更徹底

只要瞭解日語的「語順」，就能徹底掌握日語文法。670 個日本生活、旅遊常用句，讓您熟悉日文語法，一天一句，掌握文法再也不是夢！

▲ 囊括日文法各種詞類與句型，想學的都在這一本！

本書包含初級日文法中的助詞、接尾詞、疑問詞、指示詞、形容詞、形容動詞、動詞、副詞、接續詞，以及句型應用，一次涵蓋所有學習重點，省去查閱的麻煩。

無論是初學日語文法，或是學過日語文法，但總覺得不理想的您，我們都可以幫您一舉破解基礎文法上的難關；我們也提供全方位的學習，搭配加碼收錄的朗讀 CD，讓您熟悉專業日籍老師的語調與速度，不止文法，聽力也 up！up！一網打盡。學習日文法必備利器，您一定不能錯過這次一定要學會日文法！

⑧ 句型

助詞

—**1**—

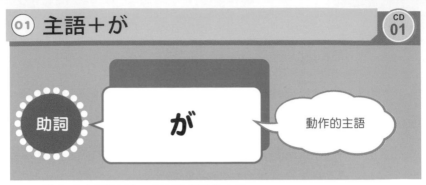

01 主語＋が

助詞 → **が** ← 動作的主語

描寫眼睛看得到的、耳朵聽得到的事情。

● 會話中使用方法

颳著風。

風が 吹いて
かぜ   ふ

います。

說明 ▶ 眼前是颱風的景象，用「が」表示。

● 日常會話常用說法

颳著風。	→ 風が 吹いて います。
	かぜ　　ふ

貓在叫。	→ 猫が 鳴いて います。
	ねこ　　な

小孩正在玩耍。	→ 子どもが 遊んで います。
	あそ

鳥在空中飛。	→ とりが 空を 飛んで います。
	そら　 と

10

助詞 ← が → 動作的對象

「が」前接對象，表示好惡、需要及想要得到的對象，還有能夠做的事情、明白瞭解的事物，以及擁有的物品。

● 會話中使用方法

哥哥會做菜。

兄は 料理が
あに りょう り

できます。

説明一 哥哥怎麼啦？

説明二 用「が」表示「ができます」（能、會）的對象，是「料理」。原來是很會做菜呢！

● 日常會話常用說法

喜歡日本料理。	日本料理が 好きです。
我想聽音樂。	私は 音楽が 聞きたいです。
李先生懂日文。	李さんは 日本語が わかります。
那個人有錢。	あの 人は お金が あります。

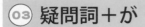

助詞 ← **が** ← 疑問詞的主語

「が」也可以當作疑問詞的主語。

● 會話中使用方法

誰最快呢？

誰が 一番
だれ　　いちばん

速いですか。
はや

說明一 朋友兩人比賽誰跑步最快？

說明二 在還不知道是「誰」（誰）的情況下，用「が」
だれ
來表示疑問詞的主語。

● 日常會話常用說法

哪一邊比較快
呢？
→ どっちが　速いですか。
　　　　　　　はや

誰最早來的？
→ 誰が　一番　早く　来ましたか。
　だれ　いちばん　はや　き

這幅畫是誰畫
的呢？
→ この　絵は　誰が　描きましたか。
　　　　え　だれ　か

哪一個比較受
歡迎呢？
→ どれが　人気が　ありますか。
　　　　　にんき

但是…

助詞 → **が** ← 逆接

表示連接兩個對立的事物，前句跟後句內容是相對立的。可譯作「但是」。

● 會話中使用方法

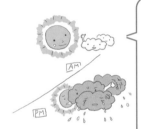

上午是晴天，但下午卻下雨。

午前は　晴れですが、
ごぜん　　　は

午後は　雨です。
ごご　　　あめ

說明 上午是晴天，但是下午卻下雨。
用「が」連接兩個內容對立的事物。

● 日常會話常用說法

吃雞肉，但不吃牛肉。	鶏肉は　食べますが、牛肉は　食べません。
媽媽身高很高，但是爸爸很矮。	母は　背が　高いですが、父は　低いです。
平假名很簡單，但是片假名很難。	平仮名は　やさしいが、片仮名は　難しい。
大多是走路過去，但是有時候是搭公車過去。	たいていは　歩いて　行きますが、時々　バスで　行きます。

13

（表委婉）

助詞 **が** 言猶未盡

在向對方詢問、請求、命令之前，作為一種開場白使用。

● 會話中使用方法

喂！我是中山，田中先生在嗎？

もしもし、中山ですが、
なかやま

田中さんは　いますか。
た なか

說明一 在詢問對方前先說出自己的名字。

說明二 接「が」表示一種開場白。

● 日常會話常用說法

不好意思，請問是鈴木先生嗎？	失礼ですが、鈴木さんでしょうか。 しつれい　　　すず き
喂，我是山本，請問水下先生在嗎？	もしもし、山本ですが、水下さんは　いますか。 やまもと　　　みずした
不好意思，請稍微安靜一點。	すみませんが、少し　静かに　して　ください。 すこ　しず
現在開始考試，首先請先將名字寫上。	試験を　始めますが、最初に　名前を　書いて　ください。 しけん　はじ　　さいしょ　な　まえ　か

14

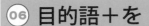

助詞 ← を → 動作的對象

「を」用在他動詞（人為而施加變化的動詞）的前面，表示動作的目的或對象。「を」前面的名詞，是動作所涉及的對象。

● 會話中使用方法

她看書。

彼女は
かのじょ
本を
ほん

読みます。
よ

説明一 這本書真有趣！看書是因為她覺得有趣，是人為的目的，所以用他動詞「読みます」（閱讀）。

説明二 「を」前面的「本」（書），是「読みます」這個動作的對象。

● 日常會話常用說法

洗臉。	→	顔を 洗います。 かお あら
吃麵包。	→	パンを 食べます。 た
（她）洗衣服。	→	（彼女は） 洗濯を します。 かのじょ せんたく
寫日文書信。	→	日本語の 手紙を 書きます。 にほんご てがみ か

助詞 ← **を** → 通過或移動的場所

表示經過或移動的場所用助詞「を」，而且「を」後面要接自動詞。自動詞有表示通過場所的「渡る（越過）、曲がる（轉彎）」。還有表示移動的「歩く（走）、走る（跑）、飛ぶ（飛）」。

● **會話中使用方法**

走路。

道を **歩きます。**
みち　　ある

説明 「歩きます」（走…）這個動詞是自動詞喔！經過的地方是道路，用「を」表示。

を→表示經過的場所。
「公園を 散歩します。」
こうえん　さんぽ
「を」有通過後的軌跡的印象。

で→表示所有的動作都在那一場所做。
「公園で 休みます。」
こうえん　やす
（在公園休息）。

● **日常會話常用說法**

這輛公車會經過電影院。	このバスは 映画館を 通ります。 えいがかん　とお
在這個轉角右轉。	この 角を 右に 曲がります。 かど　みぎ　ま
學生在路上走著。	学生が 道を 歩いて います。 がくせい　みち　ある
飛機在空中飛。	飛行機が 空を 飛んで います。 ひこうき　そら　と

助詞 ← を → 離開點

動作離開的場所用「を」。例如，從家裡出來或從車、船、馬及飛機等交通工具下來。

● 會話中使用方法

出門。

家を　出ます。
いえ　　で

說明一 → 上班、上學的時間囉！該出門啦！

說明二 → 「を」前面是離開的場所「家」！
　　　　　　　　　　　　いえ

● 日常會話常用說法

在五點的時候離開了公司。	5時に　会社を　出ました。
	ご じ　　かいしゃ　　で
七點出門。	7時に　家を　出ます。
	しち じ　いえ　　で
在這裡下公車。	ここで　バスを　降ります。
	お
請離開房間。	部屋を　出て　ください。
	へ や　　で

在…

助詞

に

存在場所

「に」表示存在的場所。表示存在的動詞有「います・あります」
（有、在），「います」用在自己可以動的有生命物體的人，或
動物的名詞；其他，自己無法動的無生命物體名詞用「あります」。

● 會話中使用方法

公園裡有貓。

公園に　　猫が
こうえん　　　　ねこ

**　　　　　　　います。**

說明一 「に」前面表示物體存在的場所「公園」（公
こうえん
園）。

說明二 用「が」表示存在的物體。存在的是有生命物體
的「猫」（貓）所以用「います」。
ねこ

● 日常會話常用說法

妹妹在樹下。	木の　下に　妹が　います。

き した いもうと

池子裡有魚嗎?	池の　中に　魚が　いますか。

いけ なか さかな

山上有棟小屋。	山の　上に　小屋が　あります。

やま うえ こや

書架的右邊有椅子。	本棚の　右に　いすが　あります。

ほんだな みぎ

助詞 ← に ← 動作的到達點

表示動作移動的到達點。

● 會話中使用方法

坐電車。

電車に　乗ります。
でんしゃ　　　の

說明一 這位上班族要乘坐什麼呢？

說明二 原來要乘坐的是「電車」（電車）。乘坐電車這個動作的到達點用「に」表示。

に→
動作的到達點。

を→
動作的起點、
離開點。

● 日常會話常用說法

去洗澡。	お風呂に　入ります。 ふ ろ　　　はい
今天會抵達成田。	今日　成田に　着きます。 きょう　なり た　　　つ
我坐到椅子上。	私は　椅子に　座ります。 わたし　　い す　　　すわ
在這裡搭計程車。	ここで　タクシーに　乗ります。 の

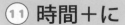

助詞 ← に → 動作的時間

在…

幾點啦！星期幾啦！幾月幾號做什麼事啦！表示動作、作用的時間就用「に」。

● 會話中使用方法

一點回家。

一時に　帰りました。
いちじ　　　　　かえ

說明一 喝得醉醺醺的女兒回來了！老媽看起來很不高興的樣子。

說明二 原來時間已經是晚上1點了。表示時間的助詞用「に」。

時間名詞 接不接「に」	要接「に」→8時、10日、9月、2005年… はちじ　とおか　くがつ　にせんごねん 不接「に」→きょう、毎日、今週、来月、去年… まいにち　こんしゅう　らいげつ　きょねん 接不接都可以→昼、晩、日曜日… ひる　ばん　にちようび

● 日常會話常用說法

七點出門。	7時に　家を　出ます。 しちじ　いえ　で
禮拜五要去旅行。	金曜日に　旅行します。 きんようび　りょこう
在七月時來到了日本。	7月に　日本へ　来ました。 しちがつ　にほん　き
今天之內會送過去。	今日中に　送ります。 きょうじゅう　おく

⑫ 目的＋に

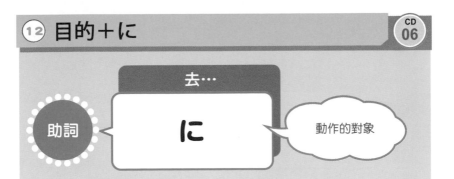

助詞

去…

に

動作的對象

表示動作、作用的目的、目標。可譯作「去…」、「到…」。

● 會話中使用方法

明天去旅行。

明日、旅行に
あした　　りょこう

行きます。
い

說明一 哇！明天就要去日本了！

說明二 去做什麼呢？要旅行呢！「行きます」出去的目的用「に」表示喔！

● 日常會話常用說法

去海邊游泳。	→	海へ 泳ぎに 行きます。

去圖書館唸書。	→	図書館へ 勉強に 行きます。

去餐廳吃飯。	→	レストランへ 食事に 行きます。

現在要去旅行。	→	今から 旅行に 行きます。

表示動作、作用的對象。可譯作「給…」、「跟…」。

● 會話中使用方法

打了電話給朋友。

友達に　電話を
ともだち　でんわ
しました。

説明一　一郎又在打電話了。

説明二　打給誰呢？打電話這個動作的對象用「に」表示。
原來是「友達」（朋友）。

に→單一方給另一方的動作。
と→結婚啦！吵架啦！一個人沒辦法做的雙方相互的動作。

● 日常會話常用說法

寄電子郵件給弟弟了。	→	弟に　メールを　出しました。 おとうと　　　　　だ
在花店遇到朋友了。	→	花屋で　友達に　会いました。 はなや　ともだち　あ
打電話給朋友。	→	友達に　電話を　かけます。 ともだち　でんわ
送了花給女朋友。	→	彼女に　花を　あげました。 かのじょ　はな

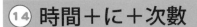

助詞 → に ← 某範圍的次數

表示某一範圍內的數量或次數。

● 會話中使用方法

一星期游一次泳。

一週間に　一回、
いっしゅうかん　　いっかい

泳ぎます。
およ

説明一 表示某一時間範圍內有多少次就用「に」。

説明二 定期做運動最有益身體了。

● 日常會話常用說法

一個月打兩次網球。	月に　二回、テニスを　します。 つき　に かい
半年回國一次。	半年に　一度、国に　帰ります。 はんとし　いち ど　くに　かえ
一天大約唸兩小時書。	一日に　２時間ぐらい、勉強します。 いちにち　に じ かん　べんきょう
一天請吃三次藥。	一日に　三回、薬を　飲んで　ください。 いちにち　さんかい　くすり　の

數字唸法

1~10			11~20	
1	いち	ひとつ	11	じゅういち
2	に	ふたつ	12	じゅうに
3	さん	みっつ	13	じゅうさん
4	し/よん	よっつ	14	じゅうし/じゅうよん
5	ご	いつつ	15	じゅうご
6	ろく	むっつ	16	じゅうろく
7	しち/なな	ななつ	17	じゅうしち/じゅうなな
8	はち	やっつ	18	じゅうはち
9	きゅう/く	ここのつ	19	じゅうきゅう/じゅうく
10	じゅう	とお	20	にじゅう

※ 1～10有以上兩種唸法，而11以上的唸法則完全相同。
※「0」唸「ゼロ」或「れい」。

10到9000的唸法

10~90		100~900		1000~9000	
10	じゅう	100	ひゃく	1000	せん
20	にじゅう	200	にひゃく	2000	にせん
30	さんじゅう	300	さんびゃく	3000	さんぜん
40	よんじゅう	400	よんひゃく	4000	よんせん
50	ごじゅう	500	ごひゃく	5000	ごせん
60	ろくじゅう	600	ろっぴゃく	6000	ろくせん
70	ななじゅう	700	ななひゃく	7000	ななせん
80	はちじゅう	800	はっぴゃく	8000	はっせん
90	きゅうじゅう	900	きゅうひゃく	9000	きゅうせん

萬以上的唸法

	一万	十万	百万	千万	一億
唸法	いちまん	じゅうまん	ひゃくまん	せんまん	いちおく

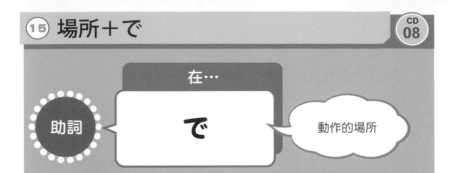

助詞　→　で　←　動作的場所

在…

表示動作進行的場所。可譯作「在…」。

● 會話中使用方法

在廚房做菜。

台所で　料理を
だいどころ　りょう り

作ります。
つく

説明一 → 媽媽在做料理呢！

説明二 → 在哪裡做呢？那就要看「で」前面的名詞囉！原
來是「台所」（廚房）呢！
だいどころ

で→表示所有的動作都在那一場所進行。
を→表示動作所經過的場所。「道を　歩きます。」（走路）。
みち　　ある

● 日常會話常用說法

在玄關脱了鞋子。	→ 玄関で　靴を　脱ぎました。 げんかん　くつ　ぬ
在家看電視。	→ 家で　テレビを　見ます。 うち　　み
在郵局寄信。	→ 郵便局で　手紙を　出します。 ゆうびんきょく　て がみ　だ
在那家店吃了拉麵。	→ あの店で　ラーメンを　食べました。 みせ　　た

⑯ 方法＋で

坐…；用…

助詞 ◁ **で** ▷ 動作的方法

表示用的交通工具，可譯作「乘坐…」；動作的方法、手段，可譯作「用…」。

● 會話中使用方法

用肥皂洗。

石鹸で　洗いました。
せっけん　　あら

説明一 現在大家都很注重手部衛生了！洗手這個動作是用什麼洗呢？

説明二 看「で」前面的名詞囉！原來是「石鹸（せっけん）」（肥皂）。

● 日常會話常用說法

用筷子吃飯。	箸（はし）で　ご飯（はん）を　食（た）べます。
用鉛筆畫畫。	鉛筆（えんぴつ）で　絵（え）を　描（か）きます。
搭新幹線去京都。	新幹線（しんかんせん）で　京都（きょうと）へ　行（い）きます。
用電子郵件寄報告。	メールで　レポートを　送（おく）ります。

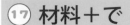

用…

で

助詞

使用的材料

製作什麼東西時，使用的材料。可譯作「用…」。

● 會話中使用方法

 →

用木材做筷子。

木で　　箸を
　き　　　　はし

作りました。
　つく

說明一 筷子是用什麼做的呢？

說明二 「で」前面的名詞就是做筷子的材料，原來是用「木」（木材）！

で→原料和成品之間沒有起化學變化。
から→原料和成品之間有起化學變化。

● 日常會話常用說法

用木頭做了椅子。	木で イスを 作りました。

木 で イスを 作りました。
き　　　　　　つく

用蕃茄做果汁。	トマトで ジュースを 作ります。

トマトで ジュースを 作ります。
　　　　　　　　　　　つく

這道料理是用肉及蔬菜做成的。	この 料理は 肉と 野菜で 作りました。

この 料理は 肉と 野菜で 作りました。
　　　りょう り　にく　 や さい　つく

這酒是什麼做的？	この 酒は 何で 作りますか。

この 酒は 何で 作りますか。
　　　さけ　なん　つく

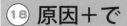

助詞 ← 因為…
で
→ 事情的原因

為什麼會這樣呢？怎麼會這樣做呢？表示原因、理由。可譯作「因為…」。

● 會話中使用方法

因為練習所以很累。

練習で　疲れました。
れんしゅう　　つか

說明一 唉啊！怎麼腰酸背痛感到疲倦呢？

說明二 看看表示原因的「で」前面，原來是為了籃球更好而「練習」（練習）的關係。

● 日常會話常用說法

因為塞車，上班遲到了。	→ 渋滞で　会社に　遅れました。 じゅうたい　かいしゃ　　おく
窗戶被風吹得關起來了。	→ 風で　窓が　閉まりました。 かぜ　まど　し
我因為感冒所以頭很痛。	→ 私は　風邪で　頭が　痛いです。 わたし　かぜ　あたま　いた
因為地震，電車停下來了。	→ 地震で　電車が　止まりました。 じしん　でんしゃ　と

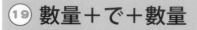 **數量＋で＋數量**

 CD 10

總共…

で

助詞

數量的總和

表示數量、數量的總和。

● 會話中使用方法

三個共 200 公克。

<ruby>三<rt>みっ</rt></ruby>つで

200 グラムです。
にひゃく

說明一 ── 三個蕃茄有多重呢？

說明二 ──「で」前面是蕃茄的數量，後面是這些數量加起
來的總重量，原來是「200 グラム」（200公克）。

● 日常會話常用說法

那個是兩個5萬日圓。	それは <ruby>二<rt>ふた</rt></ruby>つで <ruby>五万円<rt>ご まんえん</rt></ruby>です。
雞蛋6個300日圓。	たまごは <ruby>6個<rt>ろっ こ</rt></ruby>で <ruby>300円<rt>さんびゃく えん</rt></ruby>です。
入場費是兩個人1500日圓。	<ruby>入場料<rt>にゅうじょうりょう</rt></ruby>は <ruby>二人<rt>ふたり</rt></ruby>で <ruby>1500円<rt>せんごひゃく えん</rt></ruby>です。
四個、五個、六個，全部共有六個。	<ruby>四<rt>よっ</rt></ruby>つ、<ruby>五<rt>いつ</rt></ruby>つ、<ruby>六<rt>むっ</rt></ruby>つ <ruby>全部<rt>ぜん ぶ</rt></ruby>で <ruby>六<rt>むっ</rt></ruby>つ あります。

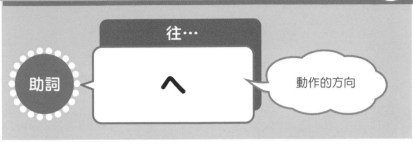

助詞 ← へ ← 動作的方向

往…

前接跟地方有關的名詞，表示動作、行為的方向。同時也指行為的目的地。可譯作「往…」。

● 會話中使用方法

去姨媽家。

叔母の 家へ 行きます。
おば　　　いえ　　　 い

説明一 「行きます」（去）這個動作的目的地在哪裡呢？

説明二 看「へ」的前面，原來是「叔母の家」（姨媽家）。

へ→
強調動作
的方向

に→
強調到達的
場所

● 日常會話常用說法

去咖啡廳。 ➡ 喫茶店へ　行きます。
きっさてん　　い

下個月回國。 ➡ 来月　国へ　帰ります。
らいげつ　くに　　かえ

搭電車來到了
學校。 ➡ 電車で　学校へ　来ました。
でんしゃ　がっこう　　き

和朋友去餐廳。 ➡ 友達と　レストランへ　行きます。
ともだち　　　　　　　　　い

往…去…

…へ…に

助詞

移動場所用「へ」，目的用「に」

表示移動的場所用助詞「へ」，表示移動的目的用助詞「に」。
「に」的前面要用動詞「ます」形，也就是把「ます」拿掉。例如「買います」，就變成「買い」。

● 會話中使用方法

去百貨公司購物。

デパートへ　買い物に　行きます。
　　　　　　　　か　　もの　　い

說明一 ▸ 要去哪裡呢？看「へ」前面知道是「デパート」（百貨公司）。

說明二 ▸ 去幹什麼呢？看「に」前面知道是要「買い物」（購物）。
　　　　　　　　　　　　　　　か　もの

● 日常會話常用說法

去公園散步。	公園へ　散歩に　行きます。
去郵局買郵票。	郵便局へ　切手を　買いに　行きます。
下個禮拜要去京都旅行。	来週　京都へ　旅行に　行きます。
去圖書館還書。	図書館へ　本を　返しに　行きます。

32

…和…

助詞 ← **と** ← 事物的並列

表示幾個事物的並列。想要敘述的主要東西，全部都明確地列舉出來。可譯作「…和…」、「…與…」。「と」大多與名詞相接。

● 會話中使用方法

教室裡有老師跟學生。

教室に　先生と
きょうしつ　　せんせい

生徒が　います。
せい と

說明一 ▶ 教室裡有哪些人？

說明二 ▶ 看「と」前後知道，這裡明確地指出有「先生」（老師）跟「生徒」（學生）。

● 日常會話常用說法

公園裡有貓有狗。	公園に　猫と　犬が　います。 こうえん　ねこ　いぬ
早上吃麵包和紅茶。	朝は　パンと　紅茶を　食べます。 あさ　　　こうちゃ　た
平常是搭電車跟公車。	いつも　電車と　バスに　乗ります。 でんしゃ　　　の
在百貨公司買了襯衫和大衣。	デパートで　シャツと　コートを　買いました。 か

33

跟…一起

助詞 ← **と（いっしょに）** ← 一起動作的對象

表示一起去做某事的對象。「と」前面是一起動作的人。可譯作「跟…一起」。也可以省略「いっしょに」。

● 會話中使用方法

跟朋友一起喝了酒。

友達と　いっしょに、
ともだち

お酒を　飲みました。
さけ　　　の

説明一 哇！喝得很過癮呢！跟誰喝酒去了呢？

説明二 看「といっしょに」前面的名詞，原來是「友達」
　　　　　　　　　　　　　　　　　　　　　　ともだち
呢！

● 日常會話常用說法

和她一起吃了晚餐。	彼女と　晩ご飯を　食べました。 かのじょ　　ばん はん　　た
和家人一起去洗溫泉。	家族と　いっしょに　温泉へ　行きます。 か ぞく　　　　　　　おんせん　　い
星期日跟媽媽一起出門了。	日曜日は　母と　出かけました。 にちよう び　はは　で
跟妹妹一起在院子裡玩了。	妹と　いっしょに　庭で　遊びました。 いもうと　　　　　にわ　あそ

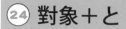 **對象＋と**

 CD 12

跟…

助詞 → **と** ← 互相做動作的對象

「と」前面接對象，表示跟這個對象互相進行某動作，如結婚、吵架或偶然在哪裡碰面等等。可譯作「跟…」。

● 會話中使用方法

跟田中先生結婚。

田中さんと　結婚します。
た なか　　　　　　　けっこん

説明 ▶ 哇！花子結婚了！對象是誰呢？
看看「と」前面，原來是田中先生！

といっしょに→前接一起進行動作的人。這個動作即使一個人也能做。
と→前接互相進行動作的對象。這個動作（如吵架、結婚）一個人不能完成的。

● 日常會話常用說法

我要跟我老公離婚了。	主人と　離婚します。
我與李先生見面了。	私は　李さんと　会いました。
昨天跟姊姊吵架了。	昨日、姉と　喧嘩しました。
大山先生和愛子小姐結婚了。	大山さんは　愛子と　結婚しました。

| 助詞 | ← | と | ← | 引用的內容 |

「と」接在某人說的話，或寫的事物後面，表示說了什麼、寫了什麼。

● 會話中使用方法

那裡寫有「安靜」。

あそこに　「静かに。」と
　　　　　しず

書いて　あります。
か

說明▶ 那上面寫什麼啊？
原來是「静かに。」（請安靜）。用助詞「と」表示。
しず

● 日常會話常用說法

小孩說:「想出去玩」。	子供が　「遊びに　行きたい」と こども　　あそ　　　い 言って　います。 い
信上寫著下個月要回國。	手紙には　来月国に　帰ると　書 てがみ　　らいげつくに　かえ　　か いて　あります。
她說她今天不來。	彼女は　今日　来ないと　言って かのじょ　きょう　こ　　　　い いました。
山田先生說:「我跟太太一起去過了。」	山田さんは　「家内と　いっしょ やまだ　　　　かない に　行きました」と　言いました。 い　　　　　　　　い

從…到…

助詞 ◁ **…から** **…まで** ▷ 空間的起點和終點

表明空間的起點和終點，也就是距離的範圍。「から」前面的名詞是起點，「まで」前面的名詞是終點。可譯作「從…到…」。也表示各種動作、現象的起點及由來。可譯作「從…」、「由…」。

● 會話中使用方法

從車站走路到家。

駅から **家まで**
えき　　　　いえ

歩きました。
ある

説明一 ── 走路這個動作的範圍是？

説明二 ── 「から」（從）車站「まで」（到）家。

● 日常會話常用說法

從家裡到圖書館要 30 分鐘。	家から　図書館まで　30分です。 いえ　　　としょかん　　さんじゅっ ぷん
從醫院到家裡要花一個小時。	病院から　家まで　1時間　かかります。 びょういん　いえ　いち じ かん
從車站走到郵局。	駅から　郵便局まで　歩きました。 えき　ゆうびんきょく　ある
從車站到學校會很遠嗎？	駅から　学校までは　遠いですか。 えき　がっこう　とお

從…到…

助詞

…から
…まで

時間的起點和終點

表示時間的起點和終點，也就是時間的範圍。「から」前面的名詞是開始的時間，「まで」前面的名詞是結束的時間。可譯作「從…到…」。

● **會話中使用方法**

從一點到二點有空。

一時から　二時まで
いちじ　　　　　　　　にじ

暇です。
ひま

說明 好悠哉地喝著咖啡呢！
原來是中午從一點到二點有空閒呢！

● **日常會話常用說法**

從九點工作到六點。	9時から　6時まで　働きます。 くじ　　　ろくじ　　　はたら
暑假是從七月開始到九月為止。	夏休みは　7月から　9月までです。 なつやす　　しちがつ　　くがつ
公司上班是從週一到週五。	会社は　月曜日から　金曜日までです。 かいしゃ　げつようび　　きんようび
週二到週五很忙。	火曜日から　金曜日までは　忙しいです。 かようび　　きんようび　　　いそが

跟…

助詞 → **から** ← （大多跟人有關）起點

表示從某對象借東西、從某對象聽來的消息，或從某對象得到東西等。「から」前面就是這某對象。

● 會話中使用方法

我跟山田小姐借了辭典。

山田さんから
やまだ

辞書を　借りました。
じしょ　　　か

說明 辭典是跟誰借的呢？
「から」的前面就是囉！原來是山田小姐。

● 日常會話常用說法

| 由我打電話過去。 | 私から　電話します。 |
わたし　　でんわ

| 昨天跟圖書館借了本書。 | 昨日　図書館から　本を　借りました。 |
きのう　としょかん　ほん　か

| 我向山田先生借了手錶。 | 山田さんから　時計を　借りました。 |
やまだ　とけい　か

| 從老師那邊得到了建議。 | 先生から　アドバイスを　もらいました。 |
せんせい

因為…

助詞 → **から** ← 主觀理由

表示原因、理由。一般用於說話人出於個人主觀理由，進行請求、命令、希望、主張及推測。是比較強烈的意志性表達。可譯作「因為…」。

● **會話中使用方法**

因為很熱，請把窗戶打開。

暑いから、窓を
あつ　　　　　まど

開けて　ください。
あ

說明 → 為什麼要打開窗戶呢？
因為感到很熱，這是出於個人的主觀的請求。

● **日常會話常用說法**

因為已經很晚了，我要回家了。	もう　遅いから、家へ　帰ります。
因為很忙所以不看報紙。	忙しいから、新聞を　読みません。
因為在下雨，所以今天不出門。	雨が　降って　いるから、今日は　出かけません。
因為今天天氣不好，所以帶傘去。	今日は　天気が　悪いから、傘を　持って　いきます。

因為…

助詞 ◀ **ので** ▶ 客觀理由

表示原因、理由。前句是原因，後句是因此而發生的事。是比較委婉的表達方式。
一般用在客觀的自然的因果關係，所以也容易推測出結果。可譯作「因為…」。

● 會話中使用方法

因為下雨，而中止比賽。

雨が 降って いるので、
あめ ふ

試合は 中止します。
しあい ちゅうし

說明 為什麼比賽要停止呢？
原來是下雨的關係。

ので→自然的因果關係。

から→表示主觀的行為的理由。

● 日常會話常用說法

因為很累了，
我要早點睡。 → 疲れたので、早く 寝ます。
つか はや ね

因為下雨，所
以不想去。 → 雨なので、行きたく ないです。
あめ い

因為很冷，所
以穿大衣。 → 寒いので、コートを 着ます。
さむ き

因為有工作，所
以七點要出門。 → 仕事が あるので、7時に 出かけます。
しごと しちじ で

CD 16

…和…

助詞 → や ← 列舉事物的一部份

表示在幾個事物中，列舉出二、三個來做為代表，其他的事物就被省略下來，沒有全部說完。可譯作「…和…」。

● 會話中使用方法

買了書和衣服。

本や　洋服を
ほん　　　ようふく

買いました。
か

說明 → 才領薪水就買了什麼？
　　　沒有啦！才一些衣服和書…啦！

や→幾個事物中，只列舉出其中一部分。
と→想要敘述的東西，全部都列舉出來。

● 日常會話常用說法

買了蘋果和橘子。	りんごや　みかんを　買いました。 か
冰箱裡有果汁和水果。	冷蔵庫には　ジュースや　果物が れいぞうこ　　　　　　　　くだもの あります。
開著或紅或黃的花。	赤や　黄色の　花が　咲いて　います。 あか　きいろ　はな　さ
書桌上有書和字典。	机の　上に　本や　辞書が　あります。 つくえ　うえ　ほん　じしょ

…和…等

助詞

…や…など

列舉事物，
但未全部說完

這也是表示舉出幾項，但是沒有全部說完。這些沒有全部說完的部分用「な
ど」（等等）來加以強調。「など」常跟「や」前後呼應使用。可譯作「和
…等」。這裡雖然多了「など」，但意思跟「…や…」基本上是一樣的。

● 會話中使用方法

每天要洗衣和打掃等等。

毎日　洗濯や
まいにち　せんたく

掃除などを　します。
そう　じ

說明一 母親真是辛苦，每天都要做家事。

說明二 前面的名詞，就知道除了「洗濯」、「掃除」之外，
還有其他等等呢！

● 日常會話常用說法

| 書桌上有筆和筆記本等等。 | 机に　ペンや　ノートなどが　あります。 |
つくえ

| 附近有車站和花店等等。 | 近くに、駅や　花屋などが　あります。 |
ちか　えき　はなや

| 在公園打網球和棒球等等。 | 公園で　テニスや　野球などを　します。 |
こうえん　やきゅう

| 廟會祭典有小學生和國中生等等來參加。 | お祭りには　小学生や　中学生など
まつ　しょうがくせい　ちゅうがくせい
が　来ます。 |
き

…的…

助詞

の

所屬

「名詞＋の＋名詞」用於修飾名詞，表示該名詞的所有者（私の本）、內容說明（歴史の本）、作成者（日本の車）、數量（１００円の本）、材料（紙のコップ）還有時間、位置等等。譯作「…的…」。

● 會話中使用方法

這是我的傘。

これが

私の　かさです。
わたし

說明一 這把雨傘是誰的？

說明二 看「の」前面，原來是屬於「私」（我）。但說
わたし
明重點還是在後面的「かさ」（雨傘）喔！

● 日常會話常用說法

這是我的書。	これは　私の　本です。
	わたし　　ほん

他是日文老師。	彼は　日本語の　先生です。
	かれ　にほんご　　せんせい

五月五日是兒童節。	五月五日は　こどもの日です。
	ごがついつか　　　　　　ひ

中山先生是公司的職員。	中山さんは　会社の　社員です。
	なかやま　　かいしゃ　しゃいん

助詞 → の ← 省略出現過的名詞

…的（東西）

這裡的準體助詞「の」，後面可以省略前面出現過的名詞，不需要再重複，或替代該名詞。可譯作「…的」。

● 會話中使用方法

這件襯衫是爸爸的。

この　シャツは

お父さんのです。
とう

說明一 → 前面已經出現過「シャツ」（襯衫）了。

說明二 → 後面就用「お父さんの」（父親的），其中「の」後面就是省略掉襯衫喔！

● 日常會話常用說法

那輛車是我的。	その　車は　私のです。
這個時鐘是誰的？	この　時計は　誰のですか。
我的傘是最左邊的那一支。	私の　傘は　一番　左のです。
我的包包是那個黑色的。	私の　かばんは　あの　黒いのです。

（車：くるま　私：わたし　時計：とけい　誰：だれ　私：わたし　傘：かさ　一番：いちばん　左：ひだり　私：わたし　黒：くろ）

…的

助詞 → の ← 用「の」代替「が」
修飾主語

在「私が　作った　歌」這種修飾名詞（「歌」）句節裡，可以用「の」
代替「が」，成為「私の　作った　歌」。那是因為這種修飾名詞的
句節中的「の」，跟「私の　歌」中的「の」有著類似的性質。

● 會話中使用方法

她畫的圖很可愛。

彼女の　描いた　絵は
かのじょ　　か　　　　え

かわいいです。

説明一 → 這裡的「の」是代替「が」的。

説明二 → 「彼女の　描いた　絵」其實也就是是「彼女の
絵」囉！兩者的「の」有這類似的性質。

● 日常會話常用說法

那是哥哥畫的圖。	→ あれは　兄の　描いた　絵です。
姊姊做的料理。	姉の　作った　料理です。
這是朋友照的相片。	→ 友達の　取った　写真です。
這是哪一位寫的字呢？	→ どなたの　書いた　字ですか。

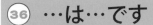

…是…

…は…です ← 表示主題，及對主題的斷定

助詞

助詞「は」表示主題。所謂主題就是後面要敘述的對象，或判斷的對象。而這個敘述的內容或判斷的對象，只限於「は」所提示的範圍。用在句尾的「です」表示對主題的斷定或是說明。

● 會話中使用方法

洋子小姐很可愛。

洋子さんは　かわいいです。
ようこ

說明一　看到「は」，知道這句話限定要談的對象是主題「洋子さん」喔！

說明二　她怎麼樣呢？「かわいい」很可愛啦！後面是針對主題「洋子さん」進行敘述。

は→進行說明或判斷。
が→敘述眼前看到、耳朵聽到的。

● 日常會話常用說法

| 我是山田。 | 私は　山田です。 |
| わたし　　やまだ |

太郎是學生。　　太郎は　学生です。
　　　　　　　た ろう　　がくせい

冬天很冷。　　冬は　寒いです。
　　　　　　ふゆ　　さむ

花子很漂亮。　　花子は　きれいです。
　　　　　　　はな こ

沒有…

助詞 → …は
…ません ← 否定

後面接否定「ません」，表示「は」前面的名詞或代名詞是動作、行為否定的主體。

● 會話中使用方法

不要飲料。

飲み物は
の　　　もの

いりません。

説明一 這裡要敘述的是主題「飲み物」（飲料）。

説明二 飲料怎麼了？後面用否定的方式述說「いりません」（不要了）！

● 日常會話常用説法

太郎不吃肉。 ➡ 太郎は 肉を 食べません。
た ろう 　　　にく 　　た

她不穿裙子。 ➡ 彼女は スカートを 穿きません。
かのじょ　　　　　　　　は

花子不是學生。 ➡ 花子は 学生じゃ ありません。
はな こ　　　がくせい

不要飲料。 ➡ 飲み物は いりません。
の もの

48

可是…

助詞　…は…が、
　　　…は…

對比

「は」除了提示主題以外，也可以用來區別、比較兩個對立的事物，也就是對照地提示兩種事物。可譯作「但是…」。

● 會話中使用方法

哥哥去，但是我不去。

兄は　　行きますが、
あに　　い

私は　　行きません。
わたし　　　い

説明一　「兄（あに）」（哥哥）雖然想去。

説明二　但是「私（わたし）」（我）卻不想去。後面跟前面內容互相對立。

● 日常會話常用說法

哥哥在，但是姊姊不在。	兄（あに）は　いますが、姉（あね）は　いません。
貓咪會在外頭玩，但是狗狗不會。	猫（ねこ）は　外（そと）で　遊（あそ）びますが、犬（いぬ）は　遊びません。
昨天很暖和，但是今天不暖和。	昨日（きのう）は　暖（あたた）かったですが、今日（きょう）は　暖（あたた）かく　ないです。
之前很漂亮，但是現在不漂亮。	前（まえ）は　きれいでしたが、今（いま）は　きれいでは　ありません。

助詞 ⟩ …跟…都 / …**も**… ⟨ 並列

表示同性質的東西並列或並舉。可譯作「…也…」、「都」。

● 會話中使用方法

我肉跟蔬菜都不喜歡。

肉も　野菜も
にく　　や さい

嫌いです。
きら

説明一 用「も」並舉出同性質的東西。

説明二 討厭哪些東西呢？討厭「肉」（肉類）跟「野菜」（蔬菜）呢！

● 日常會話常用說法

我也去了。	→ 私も　行きました。
貓跟狗都是黑色的。	→ 猫も　犬も　黒いです。
我不吃肉也不吃魚。	→ 私は　肉も　魚も　食べません。
哥哥和姊姊都要出去。	→ 兄も　姉も　出かけます。

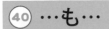

也，又

···も···

助詞

累加

用於再累加上同一類型的事物。可譯作「也…」、「又…」。

● 會話中使用方法

昨天好熱。今天也很熱。

昨日は　暑かったです。
きのう　　　あつ

今日も　暑いです。
きょう　　　あつ

說明一 ▶ 昨天好熱喔！

說明二 ▶ 後面用「も」表示天氣很熱的狀態，今天也是一樣的。

● 日常會話常用說法

鈴木先生也是醫生。	鈴木さんも　医者です。 すずき　　　いしゃ
書跟筆記本都各有兩本。	本も　ノートも　二冊　あります。 ほん　　　　　にさつ
今天和明天都要工作。	今日も　明日も　働きます。 きょう　あした　はたら
楊先生和鈴木先生都是第一次。	ヤンさんも　鈴木さんも　初めてです。 すずき　　はじ

	1	2	3	4
數字唸法	いち	に	さん	し/よん
～番/ばん	いち番	に番	さん番	よん番
～個/こ	いっ個	に個	さん個	よん個
～回/かい	いっ回	に回	さん回	よん回
～枚/まい	いち枚	に枚	さん枚	よん枚
～台/だい	いち台	に台	さん台	よん台
～冊/さつ	いっ冊	に冊	さん冊	よん冊
～才/さい	いっ才	に才	さん才	よん才
本/ほん	いっぽん	にほん	さんぼん	よんほん
～匹/ひき	いっぴき	にひき	さんびき	よんひき
～分/ふん	いっぷん	にふん	さんぷん	よんぷん
～杯/はい	いっぱい	にはい	さんばい	よんはい
人數數法	ひとり	ふたり	さんにん	よんにん

～番：～號（表示順序）
～回：～次（表示頻率）
～台：～台（表示機器、車輛等之數量）
～才：～歲（表示年齡）
～匹：～隻（表示小動物、魚、昆蟲等之數量）
～杯：～杯（表示杯裝的飲料之數量）

5	6	7	8	9	10
ご	ろく	しち/なな	はち	く/きゅう	じゅう
ご番	ろく番	なな番	はち番	きゅう番	じゅう番
ご個	ろっ個	なな個	はっ個	きゅう個	じゅっ個/じっ個
ご回	ろっ回	なな回	はっ回	きゅう回	じゅっ回/じっ回
ご枚	ろく枚	なな枚	はち枚	きゅう枚	じゅう枚
ご台	ろく台	なな台	はち台	きゅう台	じゅう台
ご冊	ろく冊	なな冊	はっ冊	きゅう冊	じゅっ冊/じっ冊
ご才	ろく才	なな才	はっ才	きゅう才	じゅっ才/じっ才
ごほん	ろっぽん	ななほん	はっぽん	きゅうほん	じゅっぽん/じっぽん
ごひき	ろっぴき	ななひき	はっぴき	きゅうひき	じっぴき
ごふん	ろっぷん	ななふん/しちふん	はっぷん	きゅうふん	じゅっぷん/じっぷん
ごはい	ろっぱい	ななはい	はっぱい	きゅうはい	じゅっぱい/じっぱい
ごにん	ろくにん	ななにん/しちにん	はちにん	きゅうにん	じゅうにん

～個：～個（表示小物品之數量）
～枚：～張（表示薄、扁平的東西之數量）
～冊：～本（表示書、筆記本、雜誌之數量）
～本：～瓶、～條、～支（表示尖而細長的東西之數量）
～分：～分（表示時間）
～杯：～杯（表示杯裝的飲料之數量）

助詞

竟，也

…も…

強調數量多

「も」前面接數量詞，表示數量比一般想像的還多，有強調多的作用。含有意外的語意。可譯作：「竟」、「也」。

● 會話中使用方法

他竟喝了 10 瓶啤酒。

ビールを　１０本も
じゅっぽん

飲みました。
の

說明一　一般喝啤酒大約一、兩瓶。

說明二　但是看「も」前面，這位先生竟喝了「１０本」
（十瓶），多得讓人覺得意外。

● 日常會話常用說法

睡了 10 個小時之多。	10時間も　寝ました。
飯吃了 3 碗之多。	ご飯を　3杯も　食べました。
竟喝了 10 罐之多的啤酒。	ビールを　10本も　飲みました。
因為感冒，竟然整整休息了一個禮拜。	風邪で、一週間も　休みました。

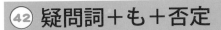

助詞 → **も** ← 完全否定

也（不）…

「も」上接疑問詞，下接否定語，表示全面的否定。可譯作「也（不）…」、「都（不）…」。

● 會話中使用方法

哪裡都找不到花子。

花子は　どこも
はな こ

いません。

説明一 花子怎麼啦！

説明二 「も」前面加疑問詞「どこ」（哪裡），後面又是否定「いません」（不在），就是全部否定囉！表示「哪兒也找不到花子」。

● 日常會話常用說法

房間裡沒有半個人。	部屋には　誰も　いません。
桌子前面什麼都沒有。	机の　前に　何も　ありません。
沒有一個喜歡的。	どれも　好きでは　ありません。
哪裡都不想去。	どこにも　行きたく　ありません。

助詞 ┃ **には／へは／とは** ┃ 強調前面的名詞

格助詞「に、へ、と…」後接「は」，有強調格助詞前面的名詞的作用。

● 會話中使用方法

10 點出門。

１０時には、
じゅうじ

出かけます。
で

說明一 這句話為了強調出門的時間是 10 點，在「に」後面多加了一個「は」。

說明二 要記得喔！時間名詞後面要加格助詞「に」！當然除了時間以外還有場所、方向、對象等囉！

● 日常會話常用說法

| 這條河裡魚很多。 | → | この 川には 魚が 多いです。 |

| 那個孩子不來公園。 | → | あの子は 公園へは 来ません。 |

| 花子她誰也不見。 | → | 花子は 誰とも 会いません。 |

| 我才不想和太郎說話。 | → | 太郎とは 話したく ありません。 |

CD 22

也…

助詞

**にも／からも
／でも**

強調前面的名詞

格助詞「に、から、で…」後接「も」，有強調格助詞前面的名
詞的作用。

● 會話中使用方法

也跟圖書館借了。

図書館にも
と しょかん

借りました。
か

說明一 再複習一次喔！表示場所用格助詞「に」。

說明二 後面加「も」，表示除了跟其他的地方借書，也
跟圖書館借書呢！

● 日常會話常用說法

到處都找不到我的錢包。	→	財布は どこにも ありません。 さいふ
公車也會從那邊過來。	→	そこからも バスが 来ます。 き
考試對我而言也很難。	→	テストは 私にも 難しいです。 わたし　むずか
這東西到處都在賣。	→	これは どこでも 売って ます。 う

CD 23

大約・左右

助詞 → **ぐらい** ← 時間上的推測

表示時間上的推測、估計。一般用在無法預估正確的時間，或是時間不明確的時候。也可以用「くらい」。可譯作「大約」、「左右」、「上下」。

● 會話中使用方法

100 公尺跑 10 秒左右。

100 メートルを 十秒
ひゃく　　　　　　　　　　じゅうびょう

ぐらいで　走りました。
　　　　　　　　はし

説明一 100 公尺要跑多久呢？

説明二 每一次的跑時間都不一樣吧！一般很難預估正確的時間就用「ぐらい」。

● 日常會話常用說法

聊了 20 分鐘左右。	20分ぐらい 話しました。

にじゅっぷん　　　　　　　はな

昨天睡了六小時左右。	昨日は 6時間ぐらい 寝ました。

きのう　　　ろくじかん　　　　　　ね

我每天大約唸兩個小時的書。	私は 毎日 二時間ぐらい 勉強します。

わたし　　まいにち　にじかん　　　　　べんきょう

過年期間大約休假一個禮拜。	お正月には 1週間ぐらい 休みます。

しょうがつ　　　　いっしゅうかん　　　　やす

大約，左右

助詞

ぐらい

數量上的推測

表示數量上的推測、估計。一般用在無法預估正確的數量，或是數量不明確的時候。也可以用「くらい」。可譯作「大約」、「左右」、「上下」。

● 會話中使用方法

有六隻左右的鳥。

鳥が　六羽ぐらい
とり　　ろくわ

います。

説明一 ─ 哇！有鳥在那裡耶！

説明二 ─ 一、二、三…唉呀數得眼睛都花了，大概有六隻吧！大約估計數量就用「ぐらい」。

● 日常會話常用說法

吃了大約三個蕃茄。	→ トマト　三つぐらい　食べました。
盤子約有 10 個左右。	→ お皿は　10枚ぐらい　あります。
大約有 3000 名職員。	→ 社員は　3000人ぐらい　います。
這本書看了三次左右。	→ この　本は　3回ぐらい　読みました。

助詞 → 只有 **だけ** ← 限定

表示只限於某範圍，除此以外沒有別的了。可譯作「只」、「僅僅」。

● 會話中使用方法

一年級的時候只學了日語。

一年生の　ときは
いちねんせい

日本語だけ　勉強しました。
に ほん ご　　　　　べんきょう

説明一 為了到日本留學，然後在日商公司上班。

説明二 一年級時就集中精神只學「日本語」（日語）。
にほんご

● 日常會話常用說法

只要買一個便當。	お弁当は　一つだけ　買います。 べんとう　　ひと　　　　か
只看一小時的電視。	テレビは　一時間だけを　見ます。 　　　　いちじかん　　　み
小川先生只喝酒。	小川さん　お酒だけ　飲みます。 おがわ　　　さけ　　　の
只懂得一點點漢字。	漢字は　少しだけ　わかります。 かんじ　　すこ

CD 24

助詞

只有…

しか

限定

下接否定，表示限定。一般帶有因不足而感到可惜、後悔或困擾的心情。可譯作「只」、「僅僅」。

● 會話中使用方法

一年級的時候，只學了日語。

一年生の　ときは　日本語
いちねんせい　　　　　　　　にほんご

しか　勉強しませんでした。
　　　　べんきょう

説明一 我很喜歡日語，所以一年級時就專挑日語學。

説明二 可是現在上課都上英語原文書，真傷腦筋。

● 日常會話常用說法

僅僅買了一個便當而已。	お弁当は　一つしか　買いませんでした。 べんとう　ひと　　　　　か
僅有5000日圓。	5000円しか　ありません。 ごせんえん
信只看了一半而已。	手紙を　半分しか　読んで　いません。 てがみ　はんぶん　よ
今年僅僅下了一場雪而已。	今年の　雪は　1回しか　降りませんでした。 ことし　ゆき　いっかい　ふ

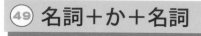
或者…

助詞 → **か** ← 選擇

表示在幾個當中，任選其中一個。可譯作「或者…」。

● **會話中使用方法**

請借我雨傘或大衣。

傘か　コートを
かさ

貸して　ください。
か

說明一 外面風雨好大，怎麼辦？借個擋風擋雨的工具吧！

說明二 敘述在「傘」（雨傘）跟「コート」（大衣）這兩樣東西當中選一樣。
かさ

● **日常會話常用說法**

喝啤酒或是清酒。	→ ビールか　お酒を　飲みます。 さけ　　　の
用原子筆或鉛筆寫。	→ ペンか　鉛筆で　書きます。 えんぴつ　か
搭新幹線或是搭飛機。	→ 新幹線か　飛行機に　乗ります。 しんかんせん　ひこうき　の
用電子郵件或是傳真送過去。	→ メールか　ファックスを　送ります。 おく

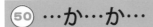

···或是···

助詞　　···か···か···　　選擇

「か」也可以接在最後的選擇項目的後面。跟「···か···」一樣，
表示在幾個當中，任選其中一個。可譯作「···或是···」。

● 會話中使用方法

吃肉或吃魚。

肉か　魚かを
にく　　さかな

食べます。
た

説明 也可以在最後的項目，重複一個「か」。表示選
擇其中一個。

● 日常會話常用說法

喝紅茶或是喝咖啡。	➡	紅茶か　コーヒーか　飲みます。
不知道去還是不去。	➡	行くか　行かないかは　分かりません。
不知道喜歡還是討厭。	➡	好きか　嫌いか　知りません。
不知道是冷還是熱。	➡	暑いか　寒いか　わかりません。

呢

助詞 ← **か** → 不明確

「か」前接「なに、だれ、いつ、どこ」等疑問詞後面，表示不明確的、不肯定的，或是沒有必要說明的事物。

● 會話中使用方法

玄關好像有誰來了。

玄関に、誰か
げんかん　　　だれ

来て　います。
き

説明一 啊！聽到玄關有人在敲門。

說明二 知道有人，但不確定是誰，就用「誰」（誰）加「か」。

● 日常會話常用說法

有吃了什麼了嗎？	何か 食べましたか。

有誰來過嗎？	誰か 来きましたか。

改天一起去吧。	いつか 行きましょう。

想去哪裡嗎？	どこか 行きたいですか。

呢、嗎

助詞　か　疑問

接於句末，表示問別人自己想知道的事。可譯作「嗎」、「呢」。

● 會話中使用方法

門上鎖了嗎？

ドアに　鍵を
　　　　かぎ

かけましたか。

説明一 居家安全最重要了。

説明二 想知道家人有沒有把門鎖上，句尾加「か」來詢問。

● 日常會話常用說法

你是學生嗎？	あなたは　学生ですか。 がくせい
山田先生是老師嗎？	山田さんは　先生ですか。 やまだ　　　　せんせい
電影好看嗎？	映画は　面白いですか。 えいが　おもしろ
今晚會唸書嗎？	今晩　勉強しますか。 こんばん　べんきょう

是…，還是…

助詞 → …か。
…か。

從不確定事物中擇一

表示從不確定的兩個事物中，選出一樣來。可譯作「是…，還是…」。

● 會話中使用方法

爸爸在庭院？還是在廁所。

お父さんは　庭ですか。
とう　　　　にわ

トイレですか。

説明一 父親在院子嗎？

説明二 還是在廁所？

● 日常會話常用說法

那是原子筆？還是鉛筆？	それは　ペンですか、鉛筆ですか。
阿里先生是印度人?還是美國人?	アリさんは　インド人ですか、アメリカ人ですか。
拉麵好吃?還是難吃?	ラーメンは　おいしいですか、まずいですか。
這把傘是伊藤先生的?還是鈴木先生的?	この　傘は　伊藤さんのですか、鈴木さんのですか。

喔

ね

助詞

徵求認同

表示輕微的感嘆，或話中帶有徵求對方認同的語氣。基本上使用
在說話人認為對方也知道的事物。也表示跟對方做確認的語氣。

● 會話中使用方法

這輛電車開好快喔！

この　電車は
でんしゃ

速いですね。
はや

説明一 哇！電車開得好快！帶有感嘆。

説明二 你說是不是呢？希望對方同意自己的感覺。

● 日常會話常用說法

山中先生好慢喔。	山中さんは　遅いですね。
今天好熱呀。	今日は　とても　暑いですね。
在下雨呢。有帶傘嗎？	雨ですね。傘を　持って　いますか。
這蛋糕真好吃呢。	この　ケーキは　美味しいですね。

耶，喔

助詞

よ

引起對方注意

請對方注意，或使對方接受自己的意見時，用來加強語氣。基本上使用在說話人認為對方不知道的事物，想引起對方注意。

● 會話中使用方法

她已經結婚了耶！

彼女は　もう
かのじょ

結婚しましたよ。
けっこん

説明一 ▶ 好美的女孩！

説明二 ▶ 人家已經結婚了。用「よ」提醒對方喔！

よ→對方不知道的事物，引對方注意。
ね→對方也知道的事物，希望對方認同自己。

● 日常會話常用說法

這道菜很好吃喔。	この　料理は　おいしいですよ。 りょうり
那部電影很好看喔。	あの　映画は　面白いですよ。 えいが　おもしろ
啊！危險！車子來了喔！	あ、危ない！車が　来ますよ。 あぶ　くるま　き
哥哥已經結婚了喲。	兄は　もう　結婚しましたよ。 あに　けっこん

啊

助詞 ← **わ** ← 自己的主張、斷定

表示自己的主張、決心、判斷等語氣。女性用語。在句尾可使語氣柔和。可譯作「…啊」。

● 會話中使用方法

那個跟我的一樣。

それは 私のと
わたし

同じだわ。
おな

説明 ► 看到對方拿的包包。
唉呀！跟我的一樣呢！

● 日常會話常用說法

我也好想去啊！	私も 行きたいわ。 わたし い
真想早點休息呀！	早く 休みたいわ。 はや やす
好想去咖啡廳啊！	喫茶店に 入りたいわ。 きっさてん はい
啊！沒有錢了！	あ、お金が ないわ。 かね

NOTE

接尾詞

─2─

整個…／…期間

中（じゅう／ちゅう）

接尾詞

じゅう整個區域範圍／ちゅう是期間

日語中有自己不能單獨使用，只能跟別的詞接在一起的詞，接在詞前的叫接頭語，接在詞尾的叫接尾語。「中（じゅう）／（ちゅう）」是接尾詞。唸「じゅう」時表示整個時間上的期間一直怎樣，或整個空間上的範圍之內。唸「ちゅう」時表示正在做什麼，或那個期間裡之意。

● 會話中使用方法

母親一整天都在工作。

母は 一日中
はは　　いちにちじゅう

働いて います。
はたら

說明一 這句話要說的是媽媽。

說明二 早上當推銷員，晚上在餐廳打工。媽媽「一日中」（一整天裡一直）都在「工作」。

● 日常會話常用說法

工作了一整天。	一日中に 働いた。
從上午開始耳朵就很痛。	午前中から 耳が 痛い。
工作將在這個月內結束。	仕事は 今月中に 終わります。
那座山終年有雪。	あの 山には 一年中 雪が あります。

…們

接尾詞 → **たち／ がた** ← 人的複數

接尾詞「たち」接在「私」、「あなた」等人稱代名詞的後面，表示人的複數。可譯作「…們」。接尾詞「がた」也是表示人的複數的敬稱，說法更有禮貌。可譯作「…們」。

● 會話中使用方法

每個月部長們都會舉辦宴會。

毎月、部長さんがたの
まいげつ　　ぶ ちょう

パーティーが　あります。

說明 ▶ 部長級以上的人，這裡用人的複數「がた」，說法更得體。

● 日常會話常用說法

小朋友們正在唱歌。	子供たちが　歌って　います。 こ ども　　うた
那位是哪位呢?	あの　方は　どなたですか。 かた
田中老師真是個安靜的人。	田中先生は　静かな　方ですね。 た なかせんせい　　しず　　かた
遇見了很棒的人們。	素敵な　方々に　出会いました。 す てき　　かたがた　　で あ

73

…左右

接尾詞 → **ごろ** ← 大概的時間

接尾詞「ごろ」表示大概的時間。一般只接在年月日，和鐘點的詞後面。可譯作「左右」。

● 會話中使用方法

晚上九點左右，和朋友一起去喝了兩杯。

よる　九時ごろ　友達と
くじ　ともだち

飲みに　行きました。
の　い

説明一 跟朋友去喝兩杯這個動作在什麼時候呢？

説明二 「九時」後接「ごろ」表示時間是「九點前後」。

● 日常會話常用說法

八點左右出去。	8 時ごろ　出ます。 はちじ　で
大約 6 號左右打了電話。	6 日ごろに　電話しました。 むいか　でんわ
從 11 月左右開始天氣變冷。	11 月ごろから　寒く　なります。 じゅういちがつ　さむ
從 2005 年左右我就待過北京。	2005 年ごろから　北京に　いました。 にせんごねん　ペキン

…多／…前

接尾詞

すぎ／まえ

すぎ是比該時間稍後／
まえ是比該時間稍前

接尾詞「すぎ」，接在表示時間名詞後面，表示比那時間稍後。可譯作「過…」、「…多」。接尾詞「まえ」，接在表示時間名詞後面，表示比那時間稍前。可譯作「差…」、「…前」。

● 會話中使用方法

兩點多，電話響了。

2時すぎ　電話が
にじ　　　　　　でんわ

鳴りました。
な

説明一 電話鈴響了。時間是？

説明二 「2時」後接「すぎ」，知道是「兩點多」了
にじ

● 日常會話常用說法

現在是9點過15分。	→	今 9時 15分 過ぎです。 いま くじ じゅうごふん す
現在還有15分鐘就8點了。	→	今 8時 15分 前です。 いま はちじ じゅうごふん まえ
小孩誕生於一年前。	→	一年前に 子どもが 生まれました。 いちねんまえ こ う
10點多時公車來了。	→	10時 過ぎに バスが 来ました。 じゅうじ す き

NOTE

疑問詞

3

疑問詞

什麼

何（なに／なん）

詢問不瞭解的事物或數字

「何（なに）（なん）」代替名稱或情況不瞭解的事物。也用在詢問數字時。可譯作「什麼」。「何が」、「何を」及「何も」唸「なに」；「何だ」、「何の」及詢問數字時唸「なん」；至於「何で」、「何に」、「何と」及「何か」唸「なに」或「なん」都可以。

● 會話中使用方法

皮包裡裝了什麼東西？

かばんに　何が
なに

入って　いますか。
はい

説明一 在找什麼啊？

説明二 用「何」（什麼）表示不知道皮包裡有什麼東西。

● 日常會話常用說法

現在幾點呢？	→	いま　何時ですか。

明天是星期幾呢？	→	あしたは　何曜日ですか。

明天要做什麼呢？	→	あした　何を　しますか。

那是什麼書呢？	→	それは　何の　本ですか。

疑問詞 ← 誰／哪位 **だれ／どなた** → 詢問人

「だれ」不定稱是詢問人的詞。它相對於第一人稱、第二人稱和第三人稱。可譯作「誰」。「どなた」和「だれ」一樣是不定稱，但是比「だれ」說法還要客氣。可譯作「哪位…」。

● 會話中使用方法

住在隔壁是哪位？

隣に　住んで　いるのは
となり　　す

どなたですか。

說明一 很多人都對家裡隔壁到底住什麼樣的人，都有好奇心吧！

說明二 有禮貌的詢問是哪位，就用「どなた」。

● 日常會話常用說法

那個人是誰？	あの　人は　だれですか。 ひと
誰要去買東西呢？	だれが　買い物に　行きますか。 か　もの　い
這是哪位的相機呢？	これは　どなたの　カメラですか。
您是哪位呢？	あなたは　どなたですか。

疑問詞 → **幾點、何時**

いつ

詢問時間或疑問

表示不肯定的時間或疑問。可譯作「何時」、「幾時」。

● 會話中使用方法

樹葉什麼時候會變黃？

木の　葉は　いつ
こ　　　は

黄色く　なりますか。
き いろ

說明一 → 日本四季最分明了，街道樹什麼時候變黃呢？

說明二 → 用「いつ」（什麼時候）來問對方吧！

● 日常會話常用說法

何時回國呢？	いつ　国へ　帰りますか。 くに　かえ
什麼時候到家呢？	いつ　家に　着きますか。 うち　つ
工作什麼時候結束呢？	いつ　仕事が　終わりますか。 し ごと　お
什麼時候遇到鈴木先生的？	いつ　鈴木さんに　会いましたか。 すず き　あ

CD 32

多少、幾歲

疑問詞

いくつ

詢問小東西、年齡等

表示不確定的個數，只用在問小東西的時候。可譯作「幾個」、「多少」。也可以詢問年齡。可譯作「幾歲」。

● 會話中使用方法

您父親幾歲了？

お父さんは
とう

いくつですか。

說明一 哇！這位中年先生好酷喔！原來是花子的爸爸。

說明二 想知道花子爸爸的年齡，就用「いくつ」吧！

● 日常會話常用說法

你想要幾個呢？	いくつ　ほしいですか。
有幾個蘋果？	りんごは　いくつ　ありますか。
請問您幾歲？	おいくつですか。
請問那一位幾歲了？	あの　方は　おいくつですか。 かた

多少…

疑問詞 ◀ **いくら** ▶ 詢問數量、距離等

表示不明確的數量、程度、價格、工資、時間、距離等。可譯作「多少」。

● 會話中使用方法

五張要多少錢？

5枚で
ご まい

いくらですか。

說明一 ── 這個問法最有關民生問題了，一定要記住！

說明二 ── 多少錢呢？就用「いくら」囉！

● 日常會話常用說法

這本書多少錢?	➡	この 本は いくらですか。 ほん
到東京車站要多少錢?	➡	東京駅まで いくらですか。 とうきょうえき
長度有多長呢?	➡	長さは いくら ありますか。 なが
要花多久時間呢?	➡	時間は いくら かかりますか。 じ かん

疑問詞 ← 如何… どう／いかが → 詢問想法、狀況

「どう」詢問對方的想法及對方的健康狀況，還有不知道情況是如何或該怎麼做等。可譯作「如何」、「怎麼樣」。「いかが」跟「どう」一樣，只是說法更有禮貌。可譯作「如何」、「怎麼樣」。兩者也用在勸誘時。

● 會話中使用方法

來杯咖啡如何？

コーヒーは いかがですか。

說明一 問對方要不要呢？用「いかが」（如何）。

說明二 由於說法有禮貌，所以常用在服務員對客人時。

● 日常會話常用說法

日文怎麼樣呢？	日本語は　どうですか。
考試考得怎樣？	テストは　どうでしたか。
來杯咖啡如何？	コーヒーを　いっぱい　いかがですか。
要不要來杯茶？	お茶でも　いかがですか。

什麼樣的

どんな

疑問詞

詢問事物內容

「どんな」後接名詞，用在詢問事物的種類、內容。可譯作「什麼樣的」。

● 會話中使用方法

你喜歡什麼顏色？

どんな　色_{いろ}が

好_すきですか。

說明一 名詞「色_{いろ}」前接「どんな」表示「什麼顏色」？

說明二 要記得喔！喜好的對象要用「が」來表示喔！

● 日常會話常用說法

你看什麼樣的書？	どんな　本_{ほん}を　読_よみますか。
你喜歡什麼顏色？	どんな　色_{いろ}が　好_すきですか。
國文老師是怎麼樣的老師？	国語_{こくご}の　先生_{せんせい}は　どんな　先生_{せんせい}ですか。
你想要什麼樣的車子？	どんな　車_{くるま}が　ほしいですか。

疑問詞 ← 多少、多長 **どのぐらい／どれぐらい** → 詢問多久

表示「多久」之意。但是也可以視句子的內容，翻譯成「多少、多少錢、多長、多遠」等。

● 會話中使用方法

道路大約有多長？

道は　どれぐらい
みち

長いですか。
なが

説明一 好長的路喔！

説明二 忍不住要問有「どれぐらい」（多）長呢？

● 日常會話常用說法

你唸了多久的書？	→	どれぐらい　勉強しましたか。 べんきょう

搭飛機要花多少錢呢？ → 飛行機で　どれぐらい　かかりますか。
ひこうき

春假有多長呢？ → 春休みは　どのぐらい　ありますか。
はるやすみ

從這裡到車站有多遠呢？ → ここから　駅まで　どのくらいですか。
えき

為何／為什麼

なぜ／どうして

疑問詞

詢問理由

　　「なぜ」跟「どうして」一樣，都是詢問理由的疑問詞。口語常用「なんで」。可譯作「為什麼」。

● **會話中使用方法**

你為什麼遲到？

どうして

遅れましたか。
おく

說明一 ▶ 喔！你遲到了！守時是很重要的喔！

說明二 ▶ 對方可能是不得已的！問問原因吧！「どうして」（為什麼）？

● **日常會話常用說法**

肚子為什麼痛呢？	どうして　おなかが　痛いですか。 いた
為什麼沒有精神呢？	どうして　元気が　ありませんか。 げんき
為什麼不吃呢？	なぜ　食べませんか。 た
為什麼要坐計程車去呢？	なぜ　タクシーで　行きますか。 い

某些／某人／某處

疑問詞　**なにか／だれか／どこかへ**　不確定

具有不確定、沒辦法具體說清楚之意的「か」，接在疑問詞「なに」的後面，表示不確定。可譯作「某些」、「什麼」；接在「だれ」的後面表示不確定是誰。可譯作「某人」；接在「どこ」的後面表示不肯定的某處，再接表示方向的「へ」。可譯作「去某地方」。

● 會話中使用方法

還有什麼其他的問題嗎？

ほかに　なにか

質問は　ありますか。
しつもん

說明一 這句話常用吧！

說明二 「なにか」（什麼）表示醫生不確定會是什麼樣的問題。

● 日常會話常用說法

好熱喔，去喝點什麼吧。→ 暑いから、何か 飲みましょう。
あつ　　なに　の

誰來把窗戶關一下吧。→ 誰か 窓を しめて ください。
だれ　まど

星期日有去哪裡嗎？→ 日曜日は どこかへ 行きましたか。
にちようび　　　　　い

找個地方吃飯吧。→ どこかで 食事しましょう。
しょくじ

都（不）…

疑問詞 ➤ なにも／だれ も／どこへも ← 全面否定

「も」上接「なに、だれ、どこへ」等疑問詞，下接否定語，表示全面的否定。可譯作「也（不）…」、「都（不）…」。

● 會話中使用方法

今天晚上哪兒都不去。

今晩は　どこへも
こんばん

行きません。
い

説明一　今天晚上怎麼樣呢？

説明二　「どこへも」後接否定「行きません」，知道是哪裡都不去啦！

● 日常會話常用說法

今天什麼也沒吃。	今日は　何も　食べませんでした。 きょう　なに　た
昨天誰都沒有來。	昨日は　誰も　来ませんでした。 きのう　だれ　き
星期日哪兒都沒去。	日曜日、どこへも　行きませんでした。 にちようび　い
什麼也不想做。	何も　したく　ありません。 なに

指示詞

4

指示代名詞「こそあど系列」

	事物	事物	場所	方向	程度	方法	範　圍
こ	これ 這個	この 這個	ここ 這裡	こちら 這邊	こんな 這樣	こう 這麼	說話者一方
そ	それ 那個	その 那個	そこ 那裡	そちら 那邊	そんな 那樣	そう 那麼	聽話者一方
あ	あれ 那個	あの 那個	あそこ 那裡	あちら 那邊	あんな 那樣	ああ 那麼	說話者、聽話者以外的
ど	どれ 哪個	どの 哪個	どこ 哪裡	どちら 哪邊	どんな 哪樣	どう 怎麼	是哪個不確定的

　　指示代名詞就是指示位置在哪裡囉！有了指示詞，我們就知道說話現場的事物，和說話內容中的事物在什麼位置了。日語的指示詞有下面四個系列：

こ系列─指示離說話者近的事物。
そ系列─指示離聽話者近的事物。
あ系列─指示說話者、聽話者範圍以外的事物。
ど系列─指示範圍不確定的事物。

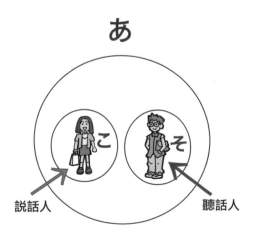

説話人　　　　　　　　　　　　聽話人

指示詞

これ／それ／あれ／どれ

這個／那個／那個／哪個

事物指示代名詞

這一組是事物指示代名詞。「これ」（這個）指離說話者近的事物。「それ」（那個）指離聽話者近的事物。「あれ」（那個）指說話者、聽話者範圍以外的事物。「どれ」（哪個）表示事物的不確定和疑問。

● 會話中使用方法

那是飛機。

あれは　飛行機です。
ひ こう き

説話者 聽話者

説明 ▶ 飛機在他們兩人的範圍之外，所以用「あ系列」的「あれ」（那個）。

● 日常會話常用說法

這是什麼？	▶ これは　何ですか。 なん
那是山田先生的電腦。	▶ それは　山田さんの　パソコンです。 やま だ
那是田中老師。	▶ あれは　田中先生です。 た なかせんせい
哪一本是你的書呢？	▶ どれが　あなたの　本ですか。 ほん

這…／那…／那…／哪…

指示詞 → **この／その／あの／どの** → 指示連體詞

這一組是指示連體詞。連體詞跟事物指示代名詞的不同，是在於連體詞後面必須接名詞。「この」（這…）指離說話者近的事物。「その」（那…）指離聽話者近的事物。「あの」（那…）指說話者及聽話者範圍以外的事物。「どの」（哪…）表示事物的疑問和不確定。

● **會話中使用方法**

這位是山田老師。

この　方は
かた

山田先生です。
やま だ せんせい

說明一 指示連體詞「この」後面一定要接名詞「方」（位）。

說明二 「山田老師」人靠近說話人，所以說話人介紹時用「こ系列」的「この」。

● **日常會話常用說法**

這個家非常漂亮。	この　家は　とても　きれいです。

那個男生在國外出生。	その　男は　外国で　生まれました。
	おとこ　がいこく　う

那棟建築物是大使館。	あの　建物は　大使館です。
	たてもの　たいしかん

哪一個人是田中先生呢？	どの　人が　田中さんですか。
	ひと　たなか

這裡／那裡／那裡／哪裡

指示詞　　ここ／そこ／
　　　　　あそこ／どこ　　　場所指示代名詞

這一組是場所指示代名詞。「ここ」（這裡）指離說話者近的場所。「そこ」（那裡）指離聽話者近的場所。「あそこ」（那裡）指離說話者和聽話者都遠的場所。「どこ」（哪裡）表示場所的疑問和不確定。

● 會話中使用方法

請坐那裡。

どうぞ、そこに
座って　ください。
すわ

說明一 主人想請客人坐下。而客人站在沙發旁邊。

說明二 這時候說話的主人，就要用靠近聽話的客人的「そ系列」的「そこ」（那裡）。請客人「坐那裡」了。

● 日常會話常用說法

這裡是銀行嗎?	ここは　銀行(ぎんこう)ですか。
在那邊買花。	そこで　花(はな)を　買(か)います。
我們去那邊坐吧。	あそこに　座(すわ)りましょう。
花子小姐在哪裡呢?	花子(はなこ)さんは　どこですか。

93

這邊／那邊／那邊／哪邊

指示詞 ← こちら／そちら／あちら／どちら → 方向指示代名詞

這一組是方向指示代名詞。「こちら」（這邊）指離說話者近的方向。「そちら」（那邊）指離聽話者近的方向。「あちら」（那邊）指離說話者和聽話者都遠的方向。「どちら」（哪邊）表示方向的不確定和疑問。這一組也可以用來指人，「こちら」就是「這位」，下面以此類推。也可以說成「こっち、そっち、あっち、どっち」，只是前面一組說法比較有禮貌。

● 會話中使用方法

那邊是南邊。

そちらは　南です。
みなみ

說明一 說話的人在指方向。

說明二 由於指的是離聽話者近的方向，所以用「そ系列」的「そちら」（那邊）。

● 日常會話常用說法

這一位是山田老師。	こちらは　山田先生です。（やまだ せんせい）
那邊是 2000 日圓。	そちらは　2000 円です。（にせん えん）
洗手間在那邊。	お手洗いは　あちらです。（てあら）
您的國家是哪裡？	あなたの　お国は　どちらですか。（くに）

形容詞

5

現在…

形容詞

現在肯定／
否定

事物現在的性質、狀態及感情

形容詞是說明客觀事物的性質、狀態或主觀感情、感覺的詞。形容詞的詞尾是「い」，「い」的前面是詞幹。也因為這樣形容詞又叫「い形容詞」。形容詞主要是由名詞或具有名性質的詞加「い」或「しい」構成的。例如：「赤い」（紅的）、「楽しい」（快樂的）。形容詞的否定式是將詞尾「い」轉變成「く」，然後再加上「ない」或「ありません」。後面加上「です」是敬體，是有禮貌的表現。

● 會話中使用方法

這箱子很重。

この 箱は
はこ

重いです。
おも

說明一 這個箱子怎麼樣呢？

說明二 用形容詞「重い」（重的）來客觀說明這個箱子
很重。客氣的說法，後面要接「です」。

	詞幹	詞尾	現在肯定	現在否定
青い	青	い	青い	青くない
青い	青	い	青いです	青くないです 青くありません

● 日常會話常用說法

這裡綠意盎然。	ここは 緑が 多いです。 みどり　　おお
這道菜很辣。	この 料理は 辛いです。 りょうり　から
這場考試不難。	この テストは 難しく ないです。 むずか
報紙並不無聊。	新聞は つまらなく ありません。 しんぶん

之前…

形容詞 → 過去肯定／否定 ← 事物過去的性質、狀態及感情

形容詞的過去肯定是將詞尾「い」改成「かっ」然後加上「た」。而過去否定是將現在否定式的如「青くない」中的「い」改成「かっ」然後加上「た」。形容詞的過去式，表示說明過去的客觀事物的性質、狀態，以及過去的感覺、感情。再接「です」是敬體，禮貌的說法。

● 會話中使用方法

上星期很愉快。

先週は　とても
せんしゅう

楽しかったです。
たの

說明一 「上星期」表示已經是過去的感覺了。

說明二 感覺怎麼樣呢？用形容詞過去式「楽しかった」表示那時候很快樂了。再接「です」是禮貌的說法囉！

	詞幹	詞尾	現在肯定	現在否定	過去肯定	過去否定
青い	青	い	青い	青くない	青かった	青くなかった
青い	青	い	青いです	青くないです	青かったです	青くなかったです

● 日常會話常用說法

今天早上很涼爽。 → 今朝は　涼しかったです。
けさ　すず

考試很簡單。 → テストは　やさしかったです。

這部電影不好看。 → この　映画は　面白く　なかった。
えいが　おもしろ

昨天並不熱。 → 昨日は　暑く　ありませんでした。
きのう　あつ

…又…

形容詞

形容詞くて

停頓及並列

形容詞詞尾「い」改成「く」，再接上「て」，表示句子還沒說完到此暫時停頓和屬性的並列（連接形容詞或形容動詞時）的意思。還有輕微的原因。

● 會話中使用方法

嬰兒又嬌小又可愛。

赤ちゃんは 小さくて
あか　　　　　　 ちい

かわいいです。

説明一 小嬰兒怎麼樣呢？

説明二 又「嬌小」又「可愛」，用「て」連接兩個形容詞，表示兩種屬性並列。

● 日常會話常用說法

這本書又薄又輕。	この 本は 薄くて 軽いです。
這張床又舊又小。	この ベッドは 古くて 小さいです。
教室又明亮又乾淨。	教室は 明るくて きれいです。
我的公寓又寬敞又安靜。	私の アパートは 広くて 静かです。

	…地	
形容詞	形容詞く＋動詞	形容詞修飾動詞

形容詞詞尾「い」改成「く」，可以修飾句子裡的動詞。

● 會話中使用方法

大家玩得很快樂。

みんなで 楽_{たの}しく

遊_{あそ}びました。

説明一▶大家在玩籃球呢！好不好玩啊！

説明二▶看到「楽_{たの}しく」（快樂）知道「玩」這個動作，是在「快樂」的心情下進行的。

● 日常會話常用說法

今天我要早點睡。	➡	今日_{きょう}は　早_{はや}く　寝_ねます。
將蘋果切成小丁。	➡	りんごを　小_{ちい}さく　切_きります。
很有精神地打招呼。	➡	元気_{げんき}　よく　挨拶_{あいさつ}します。
今日颳著強風。	➡	今日_{きょう}は　風_{かぜ}が　強_{つよ}く　吹_ふいて　います。

…的

形容詞

形容詞＋ 名詞

形容詞修飾名詞

形容詞要修飾名詞，就是把名詞直接放在形容詞後面。要注意喔！因為日語形容詞本身就有「…的」之意，所以不要再加「の」了喔！

● 會話中使用方法

銀行的隔壁有一棟高大的建築物。

銀行の　隣に
ぎんこう　　　となり

高い　建物が　あります。
たか　　たてもの

說明一 銀行的隔壁有什麼呢？

說明二 這棟建築物在「高い」的形容下，知道是一棟「高大的建築物」。
たか

● 日常會話常用說法

買了棟小房子。	小さい　家を　買いました。 ちい　　いえ　　か
投宿在便宜的飯店裡。	安い　ホテルに　泊まりました。 やす　　　　　　と
今天穿藍色的長褲。	今日は　青い　ズボンを　穿きます。 きょう　あお　　　　　　は
這真是件好毛衣呢。	これは　いい　セーターですね。

...的

形容詞 → **形容詞＋の** ← 修飾「の」（省略出現過的名詞）

形容詞後面接「の」，這個「の」是一個代替名詞，代替句中前面已出現過的某個名詞。而「の」一般代替的是「物」。

● 會話中使用方法

肉類貴一點的比較好吃。

肉は 高いのが
にく　　たか

おいしいです。

説明一 ─ 什麼肉好吃呢？

説明二 ─ 「高いの」中的「の」指的是「肉」。就是「貴一點的肉」啦！

● 日常會話常用說法

小的就可以了。	小さいのが　いいです。 ちい
沒有更便宜的嗎？	もっと　安いのは　ありませんか。 やす
蕃茄要紅的才好吃。	トマトは　赤いのが　おいしいです。 あか
困難的我做不來。	難しいのは　できません。 むずか

NOTE

形容動詞

—6—

現在…

現在肯定／否定

形容動詞

事物現在的性質、狀態及感情

形容動詞具有形容詞和動詞的雙重性格，它的意義和作用跟形容詞完全相同。只是形容動詞的詞尾是「だ」。還有形容動詞連接名詞時，要將詞尾「だ」變成「な」，所以又叫「な形容詞」。形容動詞的現在肯定式中的「です」，是詞尾「だ」的敬體。否定式是把詞尾「だ」變成「で」，然後中間插入「は」，最後加上「ない」或「ありません」。「ではない」後面再接「です」就成了有禮貌的敬體了。「では」的口語說法是「じゃ」。

● **會話中使用方法**

我的房間很整齊。

私の　部屋は
わたし　　　へや

きれいです。

說明一 ▶ 我的房間怎麼樣呢？

說明二 ▶ 形容動詞「きれいです」是用來形容房間「整齊的」。

	詞幹	詞尾	現在肯定	現在否定
静かだ	静か	だ	静かだ	静かではない
静かです	静か	です	静かです	静かではないです
				静かではありません

● **日常會話常用說法**

星期天的公園很安靜。	日曜日の　公園は　静かです。 にちようび　こうえん　しず
花子的房間很漂亮。	花子の　部屋は　きれいです。 はなこ　へや
這間飯店沒有名氣。	この　ホテルは　有名では　ありません。 ゆうめい
田中先生精神欠佳。	田中さんは　元気では　ないです。 たなか　げんき

形容
動詞

之前…

過去肯定／否定

事物過去的性質、狀態及感情

形容動詞的過去式，是將現在肯定的詞尾「だ」變成「だっ」然後加上「た」。敬體是將詞尾「だ」變成「でし」再加上「た」。過去否定式是將現在否定，如「静かではない」中的「い」改成「かっ」然後加上「た」。再接「です」是敬體，禮貌的說法。另外，還有將現在否定的「ではありません」後接「でした」，就是過去否定了。形容動詞的過去式，表示說明過去的客觀事物的性質、狀態，以及過去的感覺、感情。

● 會話中使用方法

她之前還很有精神。

彼女は 元気でした。
かのじょ げんき

説明一 她很有精神。這是什麼時候的事呢？

説明二 看看形容動詞「元気だ」後面接「でした」，知道是
げんき
過去的事了。現在的情況可能就不是很「元気」囉！
げんき

	詞幹	詞尾	現在肯定	現在否定	過去肯定	過去否定
静かだ	静か	だ	静かだ	静かではない	静かだった	静かではなかった
静かです	静か	です	静かです	静かではないです 静かではありません	静かでした	静かではなかったです 静かではありませんでした

● 日常會話常用說法

田中先生之前還很健康的。
→ 田中さんは 元気だったです。
たなか げんき

她以前就很漂亮。
→ 彼女は 昔から きれいでした。
かのじょ むかし

以前她的家並不豪華。
→ 彼女の 家は 立派では なかったです。
かのじょ いえ りっぱ

從小身體就不是很好。
→ 小さい ときから、体は 丈夫では
ちい からだ じょうぶ
ありませんでした。

…又…

形容動詞で ＋形容詞

形容動詞

停頓及並列

形容動詞詞尾「だ」改成「で」，表示句子還沒說完到此暫時停頓，以及屬性的並列（連接形容詞或形容動詞時）之意。還有輕微的原因。

● 會話中使用方法

那個公園又漂亮又大。

あの　公園は　きれいで
こうえん

大きいです。
おお

說明一 ▶ 那個公園怎麼樣呢？

說明二 ▶ 形容動詞「きれいだ」跟形容詞「大きい」連接在一起，說明公園「又漂亮又大」是一種屬性的並列的說明。

● 日常會話常用說法

這裡很安靜，真是座好公園啊。	ここは　静かで　いい　公園ですね。

| 那間公寓又方便又便宜。 | あの　アパートは　便利で　安いです。 |

| 他總是很有活力，真不錯呢。 | 彼は　いつも　元気で　いいですね。 |

| 她又漂亮又溫柔。 | 彼女は　きれいで　やさしいです。 |

…地

形容動詞

形容動詞に ＋動詞

形容動詞修飾動詞

形容動詞詞尾「だ」改成「に」，可以修飾句子裡的動詞。

● 會話中使用方法

吉他彈得很好。

ギターを　上手に
　　　　　じょうず

弾きます。
ひ

説明一 有人在「彈吉他」呢！彈得怎麼樣呢？

説明二 看「彈」這個動詞前面的形容動詞怎麼形容的，
「上手に」就是很好啦！
じょうず

● 日常會話常用説法

那孩子歌唱得很好。	あの 子は 歌を 上手に 歌います。
把房間打掃乾淨了。	部屋を きれいに 掃除しました。
請放輕腳步走路。	静かに 歩いて ください。
院子裡的花開得很漂亮。	庭の 花が きれいに 咲きました。

…的

形容動詞な＋名詞

形容動詞

形容動詞修飾名詞

形容動詞要後接名詞，是把詞尾「だ」改成「な」，再接上名詞。這樣就可以修飾後面的名詞了。如「元気な子」（活蹦亂跳的小孩）、「きれいな人」（美麗的人）。

● 會話中使用方法

她講得一口流利的英文。

彼女は　上手な　英語を
かのじょ　　じょうず　　えいご

話します。
はな

説明一 ▶ 女孩在跟老外說話呢！女孩英語說得怎麼樣呢？

説明二 ▶ 這句話把形容動詞「上手な」放在名詞「英語」之前，知道英語說得很流利啦！真是羨慕！

● 日常會話常用說法

好漂亮的大衣呢。	きれいな　コートですね。
那是很重要的書。	これは　大切な　本です。
他是有名的作家。	彼は　有名な　作家です。
我喜歡認真的人。	真面目な　人が　好きです。

…的

形容
動詞

形容動詞な
＋の

修飾「の」
（省略出現過的名詞）

形容動詞後面接代替句子的某個名詞「の」時，要將詞尾「だ」變成「な」。

● 會話中使用方法

「這雙鞋子如何？」「我要耐穿的。」

「この　靴は　いかがですか。」
　　　　くつ

「丈夫なのが　ほしいです。」
　じょうぶ

說明一 → 形容詞「丈夫な」後面的「の」是指什麼呢？
　　　　　じょうぶ

說明二 → 指的是「鞋子」，而且是形容動詞所形容「耐穿的」。

● 日常會話常用說法

我想要方便的。	便利なのが　ほしいです。 べんり
我要借有名的。	有名なのを　借ります。 ゆうめい　　　か
請給我堅固的。	丈夫なのを　ください。 じょうぶ
漂亮的比較好。	きれいなのが　いいです。

NOTE

動詞

7

表示人或事物的存在、動作、行為和作用的詞叫動詞。日語動詞可以分為三大類，有：

分類	ます形		辭書形	中文
一般動詞	上一段動詞	おきます すぎます おちます います	おきる すぎる おちる いる	起來 超過 掉下 在
	下一段動詞	たべます うけます おしえます ねます	たべる うける おしえる ねる	吃 接受 教授 睡覺
五段動詞	かいます かきます はなします しります かえります はしります おわります		かう かく はなす しる かえる はしる おわる	購買 書寫 說 知道 回來 跑 結束
不規則動詞	サ變動詞	します	する	做
	カ變動詞	きます	くる	來

動詞按形態和變化規律，可以分為 5 種：

1.上一段動詞

　　動詞的活用詞尾，在五十音圖的「い段」上變化的叫上一段動詞。一般由有動作意義的漢字，後面加兩個平假名構成。最後一個假名為「る」。「る」前面的假名一定在「い段」上。例如：

　　　　い段音「い、き、し、ち、に、ひ、み、り」
　　　　　　　　i　ki　shi　chi　ni　hi　mi　ri
　　　　起きる（おきる）
　　　　過ぎる（すぎる）
　　　　落ちる（おちる）

2.下一段動詞

　　動詞的活用詞尾在五十音圖的「え段」上變化的叫下一段動詞。一般由一個有動作意義的漢字，後面加兩個平假名構成。最後一個假名為「る」。「る」前面的假名一定在「え段」上。例如：

　　　　え段音「え、け、せ、て、ね、へ、め、れ」
　　　　　　　　e　ke　se　te　ne　he　me　re
　　　　食べる（たべる）
　　　　受ける（うける）
　　　　教える（おしえる）

　　只是，也有「る」前面不夾進其他假名的。但這個漢字讀音一般也在「い段」或「え段」上。如：

　　　　居る（いる）
　　　　寝る（ねる）
　　　　見る（みる）

3.五段動詞

動詞的活用詞尾在五十音圖的「あ、い、う、え、お」五段上變化的叫五段動詞。一般由一個或兩個有動作意義的漢字，後面加一個（兩個）平假名構成。

（1）五段動詞的詞尾都是由「う段」假名構成。其中除去「る」以外，凡是「う、く、す、つ、ぬ、ふ、む」結尾的動詞，都是五段動詞。例如：

買う（かう）　　待つ（まつ）
書く（かく）　　飛ぶ（とぶ）
話す（はなす）　読む（よむ）

（2）「漢字＋る」的動詞一般為五段動詞。也就是漢字後面只加一個「る」，「る」跟漢字之間不夾有任何假名的，95% 以上的動詞為五段動詞。例如：

売る（うる）　　走る（はしる）
知る（しる）　　要る（いる）
帰る（かえる）

（3）個別的五段動詞在漢字與「る」之間又加進一個假名。但這個假名不在「い段」和「え段」上，所以，不是一段動詞，而是五段動詞。例如：

始まる（はじまる）　　終わる（おわる）

4.サ變動詞

サ變動詞只有一個詞「する」。活用時詞尾變化都在「サ行」上，稱為サ變動詞。另有一些動作性質的名詞＋する構成的複合詞，也稱サ變動詞。例如：

結婚する（けっこんする）　　勉強する（べんきょうする）

5.カ變動詞

只有一個動詞「来る」。因為詞尾變化在カ行，所以叫做カ變動詞，由「く＋る」構成。它的詞幹和詞尾不能分開，也就是「く」既是詞幹，又是詞尾。

現在…

動詞

現在肯定／否定

人事物現在的動作

表示人或事物的存在、動作、行為和作用的詞叫動詞。動詞的現在肯定及否定的活用如下：

● 會話中使用方法

田中 7 點睡覺。

田中さんは　７時に
たなか　　　　　　しちじ

寝ます。
ね

説明一　田中怎麼啦？看敘述主題動作的「寝ます」，知道在說的是「睡覺」啦！看到表示主題的「は」就知道「田中」是後面要敘述的對象囉！

説明二　幾點睡覺呢？看時間助詞「に」前面，原來是「七點」！

	肯定	否定
現在/未來	～ます	～ません

● 日常會話常用說法

今晚要讀書。　→　今晩　勉強します。
　　　　　　　　　こんばん　べんきょう

排桌子。　→　机を　並べます。
　　　　　　つくえ　なら

戴帽子。　→　帽子を　かぶります。
　　　　　　ぼうし

今天不洗澡。　→　今日は　お風呂に　入りません。
　　　　　　　　きょう　　ふろ　　はい

02 動詞（過去肯定／否定）

之前…

動詞 → 過去肯定／否定 ← 人事物過去的動作

動詞過去式表示人或事物過去的存在、動作、行為和作用。動詞過去的肯定和否定的活用如下：

● 會話中使用方法

昨天唸了書。

昨日は
きのう

勉強しました。
べんきょう

說明一 現在在敘述的是昨天的事喔！

說明二 所以後面的動詞要用過去式的「勉強しました」。

	肯定	否定
現在/未來	～ます	～ません
過去	～ました	～ませんでした

● 日常會話常用說法

上禮拜寫了封信給朋友。	→ 先週 友達に 手紙を 書きました。 せんしゅう ともだち てがみ か

昨天去了圖書館。 → 昨日 図書館へ 行きました。
きのう としょかん い

昨天沒去工作。 → 昨日、働きませんでした。
きのう はたら

今年沒開花。 → 今年は 花が 咲きませんでした。
ことし はな さ

動詞 ◀ **普通形** ◀ 說法較為隨便

相對於「動詞ます形」，動詞普通形說法比較隨便，一般用在關係跟自己比較親近的人之間。因為辭典上的單字用的都是普通形，所以又叫辭書形。普通形怎麼來的呢？請看下面的表格。

● 會話中使用方法

五段動詞	拿掉動詞「ます形」的「ます」之後，最後將「い段」音節轉為「う段」音節。
	かきます→かき→かく ka-ki-ma-su→ka-ki→ka-ku
一段動詞	拿掉動詞「ます形」的「ます」之後，直接加上「る」。
	たべます→たべ→たべる ta-be-ma-su→ta-be→ta-be-ru
不規則動詞	します→する　きます→くる

※動詞普通否定形，請參考本章第15單元。

● 日常會話常用說法

穿襪子。	➡	靴下を　はく。

每天工作8小時。	➡	毎日　8時間　働く。

用卡式錄放音機聽音樂。	➡	ラジカセで　音楽を　聴く。

我用筷子吃飯。	➡	私は　箸で　ご飯を　食べる。

| 動詞 | **動詞＋名詞** | 動詞修飾名詞 |

動詞的普通形，可以直接修飾名詞。

● 會話中使用方法

那是開往大學的巴士。

あれは　大学へ
だいがく

行く　バスです。
い

說明一 → 看到「は」知道要說的是「那個＝公車」。

說明二 → 是什麼公車呢？用「大学へ　行く」（開往大學）
　　　　來整個說明這輛「公車」。

● 日常會話常用說法

| 有吃的人請舉手。 | → 食べた　人は　手を　あげて　ください。 |

| 誰下禮拜請假不來？ | → 来週　休む　人は　誰ですか。 |

| 有不懂的單字。 | → 分からない　単語が　あります。 |

| 我住的公寓很窄。 | → 私が　住んでいる　アパートは　狭いです。 |

就…

動詞 ← **が＋自動詞** ← 無人為地發生某動作

動詞沒有目的語，用「…が…ます」這種形式的叫「自動詞」。「自動詞」是因為自然等等的力量，沒有人為的意圖而發生的動作。「自動詞」不需要有目的語，就可以表達一個完整的意思。相當於英語的「不及物動詞」。

● 會話中使用方法

門開了。

ドアが　開きました。
あ

説明一 門開了。沒看到誰打開這扇門，不是人為的所以用自動詞「開きます」。
あ

説明二 當然「ドア」的後面要接助詞「が」囉！

● 日常會話常用說法

火熄了。	→ 火が　消えました。
	ひ　き

車停了。	→ 車が　止まりました。
	くるま　と

門開了。	→ ドアが　開きました。
	あ

溫度會上升。	→ 気温が　あがります。
	き おん

把…

を ＋他動詞

動詞

有目的做某動作

跟「自動詞」相對的，有動作的涉及對象，用「…を…ます」這種形式，名詞後面接「を」來表示動作的目的語，這樣的動詞叫「他動詞」。「他動詞」是人為的，有人抱著某個目的有意識地作某一動作。

● 會話中使用方法

姊姊把門打開了。

姉は　ドアを
あね
開けました。
あ

說明一 姊姊把門打開了。門是因為姊姊這一人為的動作而被打開，所以用他動詞「開けます」。

說明二 由於動作有涉及的對象，所以「ドア」的後面要接助詞「を」來表示目的語囉！

● 日常會話常用說法

我把火弄熄了。	➡	私は　火を　消しました。 わたし　ひ　け
他停了車。	➡	彼は　車を　止めました。 かれ　くるま　と
我開了門。	➡	私は　ドアを　開けました。 わたし　あ
我把行李放到架上了。	➡	棚に　荷物を　あげた。 たな　にもつ

他動詞	自動詞

いと き
糸を 切る。

剪線。

いと き
糸が 切れる。

線斷了。

ひ け
火を 消す。

滅火。

ひ き
火が 消える。

火熄了。

お
ものを 落とす。

東西扔掉。

お
ものが 落ちる。

東西掉了。

き たお
木を 倒す。

把樹弄倒。

き たお
木が 倒れる。

樹倒了。

と
タクシーを 止める 。

攔下計程車。

と
タクシーが 止まる。

計程車停了下來。

動詞「て」形的變化如下：

	ます形	て形	ます形	て形
一段動詞	みる おきる きる	みて おきて きて	たべる あげる ねる	たべて あげて ねて
五段動詞	いう あう かう	いって あって かって	あそぶ よぶ とぶ	あそんで よんで とんで
	まつ たつ もつ	まって たって もって	のむ よむ すむ	のんで よんで すんで
	とる うる つくる	とって うって つくって	しぬ	しんで
	*いく	いって	かく きく はたらく	かいて きいて はたらいて
	**はなす かす だす	はなして かして だして	およぐ ぬぐ	およいで ぬいで
不規則動詞	する 勉強します	して 勉強して	くる	きて

說明：

1. 一段動詞很簡單只要把結尾的「る」改成「て」就好了。

2. 五段動詞以「う、つ、る」結尾的要發生「っ」促音便。以「む、ぶ、ぬ」結尾的要發生「ん」撥音便。以「く、ぐ」結尾的要發生「い」音便。以「す」結尾的要發生「し」音便。

3. ＊例外　＊＊特別

根據情境翻譯

動詞 → **動詞＋て** ← 連接短句

單純的連接前後短句成一個句子，表示並舉了幾個動作或狀態。

● 會話中使用方法

太郎吃得多，睡得好。

太郎は　よく　食べて、
たろう　　　　　　　た

よく　寝ます。
ね

說明一　太郎怎麼樣了？

說明二　「吃得多」跟「睡得好」用「て」來連接。

● 日常會話常用說法

去新宿看電影。	新宿に　行って、映画を　見ます。 しんじゅく　い　　えいが　　み
去公園打棒球，踢足球。	公園で　野球を　して、サッカーを こうえん　やきゅう します。
早上吃麵包，喝牛奶。	朝は　パンを　食べて、牛乳を　飲 あさ　　　　　た　　ぎゅうにゅう　の みます。
暑假到伯父的家釣魚。	夏休みは、おじいちゃんの　家に　行 なつやす　　　　　　　　　　いえ　い って、釣りを　します。 つ

然後…

動詞 → 動詞＋て ← 時間順序

連接行為動作的短句時，表示這些行為動作一個接著一個，按照時間順序進行。除了最後一個動作以外，前面的動詞詞尾都要變成「て形」。

● 會話中使用方法

早上起床，洗臉，吃早餐。

朝 起きて、顔を 洗って、
あさ　お　　　かお　　あら

朝ごはんを 食べます。
あさ　　　　　た

說明一　花子起來囉！

說明二　起床、洗臉、吃早餐。這三個動作一個接一個，按照動作的先後順序排列起來的。

● 日常會話常用說法

穿上鞋子後外出。	靴を 履いて 外に 出ます。 くつ　は　　そと　で
洗完澡再看電視。	お風呂に 入って テレビを 見ます。 ふ ろ　はい　　　　　み
信封貼上郵票，然後寄出去。	封筒に 切手を 貼って 出します。 ふうとう　きって　は　　だ
我平常都關電燈再睡覺。	私は いつも 電気を 消して 寝ます。 わたし　　でんき　け　　ね

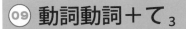

用…

動詞

動詞＋て

方法、手段

表示行為的方法或手段。

● 會話中使用方法

聽卡帶，學英語。

テープを 聞いて、
き

英語を 勉強します。
えい ご べんきょう

說明一 — 用什麼方法學英語呢？

說明二 — 用「て」表示，方法是「聽卡帶」。沒錯！學語言就是要多聽喔！

● 日常會話常用說法

聽CD來讀書。	CDを 聞いて、勉強します。

坐公車到海邊。　バスに 乗って、海へ 行きました。
の うみ い

用叉子吃飯。　フォークを 使って、食事します。
つか しょく じ

用網路搜尋。　ネットを 使って、調べます。
つか しら

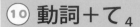

因為…

動詞＋て

動詞 ← → 原因

動詞て形也可以表示原因。

● 會話中使用方法

因為感冒了，沒去上課。

風邪を　引いて、
かぜ　　　ひ

学校を　休みました。
がっこう　　やす

説明一 為什麼沒去上課呢？

說明二 看「て」前面，原來是因為「感冒了」。

● 日常會話常用說法

沒有錢很煩惱。→ お金が　なくて、困って　います。
かね　　　　　こま

感冒了頭很痛。→ 風邪を　引いて、頭が　痛いです。
かぜ　　ひ　　あたま　いた

吃太多了肚子很痛。→ 食べ過ぎて、おなかが　痛いです。
た　す　　　　　　いた

工作了一整天很累。→ 一日中　仕事を　して、疲れました。
いちにちじゅう　しごと　　　　つか

正在…

動詞 ▶ **動詞＋ています** ◀ 動作進行中

表示動作或事情的持續，也就是動作或事情正在進行中。我們來看看動作的三個時態。就能很明白了。

● 會話中使用方法

掃除を　します。
そうじ

要打掃。（表示準備打掃）

↓

掃除を　して　います。
そうじ

正在打掃。（表示打掃的動作，是從之前的某一時間開始一直持續到現在。）

↓

掃除を　しました。
そうじ

打掃過了。（表示打掃這個動作已經結束了）

● 日常會話常用說法

我住在京都。 → 私は　京都に　住んで　います。
わたし　きょうと　す

李小姐在學日語。 → 李さんは　日本語を　習って　います。
リー　にほんご　なら

伊藤先生在打電話。 → 伊藤さんは　電話を　して　います。
いとう　でんわ

現在在做什麼？ → 今　何を　して　いますか。
いま　なに

都…

動詞 ─ 動詞＋ています ─ 動作的反覆

「動詞＋ています」跟表示頻率的「毎日、いつも、よく、時々」等單詞使用，就有習慣做同一動作的意思。

● 會話中使用方法

姊姊每天喝牛奶。

姉は　毎朝　牛乳を
あね　　まいあさ　ぎゅうにゅう

飲んで　います。
の

説明一 雖然喝牛奶只有一次。

説明二 但因為是重複性的動作，也可以當作是有繼續性的事情。

● 日常會話常用說法

每天6點起床。	毎日　6時に　起きて　います。 まいにち　ろくじ　お
她總是為錢煩惱。	彼女は　いつも　お金に　困って かのじょ　　　　かね　　こま います。
有時候坐電車去公司。	時々　電車で　会社に　行きます。 ときどき　でんしゃ　かいしゃ　い
我常和高中的朋友見面。	よく　高校の　友人と　会って　い こうこう　ゆうじん　あ ます。

⑬ 動詞＋ています₃

做…，是…

動詞 ◀ **動詞＋ています** ▶ 現在從事什麼職業

「動詞＋ています」接在職業名詞後面，表示現在在做什麼職業。
也表示某一動作持續到現在，也就是說話的當時。

● 會話中使用方法

姊姊在當日文老師。

姉は　日本語の
あね　　　　にほんご

先生を　して　います。
せんせい

說明 ─ 姊姊當老師這一個動作，持續到現在。

● 日常會話常用說法

我在貿易公司上班。	➡	貿易会社で　働いて　います。 ぼうえきがいしゃ　　はたら
姊姊今年起在銀行服務。	➡	姉は　今年から　銀行に　勤めて　います。 あね　　ことし　　　ぎんこう　　つと
李小姐在教日文。	➡	李さんは　日本語を　教えて　います。 リー　　　にほんご　　おし
哥哥在美國工作。	➡	兄は　アメリカで　仕事を　して　います。 あに　　　　　　　しごと

已…了

動詞 ← **動詞＋ています** → 結果或狀態的持續

「動詞 + ています」也表示某一動作後的結果或狀態還持續到現在，也就是說話的當時。

● 會話中使用方法

花瓶破了。

花瓶が　割れて
か びん　　　　　わ

います。

説明一 花瓶破了。

説明二 唉呀！花瓶掉在地上呢！掉在地上這一狀態是在說話之前發生的結果。而這一動作結果還存在的狀態。

● 日常會話常用說法

有開冷氣。	クーラーが　ついて　います。

窗戶是關著的。	窓が　閉まって　います。
	まど　　し

那個人戴著帽子。	あの　人は　帽子を　かぶって　います。
	ひと　　ぼうし

錢包掉在桌子的下面。	机の　下に　財布が　落ちて　います。
	つくえ　した　さいふ　お

請不要…

動詞 ▶ **動詞＋ないで** ◀ 否定的請求命令

動詞的否定是「動詞ない形＋て形＋ください」的形式。表示否定的請求命令，請求對方不要做某事。可譯作「請不要…」。

● 會話中使用方法

過了晚上十點，請別打電話。

夜　10 時過ぎに、電話を
よる　じゅう じ す　　　　　　でんわ
かけないで　ください。

説明一 晚上十點多了。

説明二 希望對方不要打電話，就說「電話をかけないでください」。

動詞ない形的變化	一段動詞	拿掉動詞「ます形」的「ます」，再直接加上「ない」。 たべます→たべ→たべない
	五段動詞	拿掉動詞「ます形」的「ます」，再將詞尾轉為「あ段」音，再加上「ない」。 あそびます→あそび→あそば→あそばない
	不規則動詞	します→しない　　　　きます→こない

● 日常會話常用說法

不要抽煙。	➡ タバコを　吸わないで　ください。
請不要在這裡玩。	➡ ここで　遊ばないで　ください。
請勿大聲說話。	➡ 大きな　声で　話さないで　ください。
請勿打擾。	➡ 邪魔しないで　ください。

沒…就…

動詞 → **動詞＋ないで** ← 附帶條件

用「動詞的ない形＋て形」的形式，表示附帶的狀況，也就是同一個動作主體的行為「在不做…的狀態下，做…」的意思；也表示並列性的對比，也就是對比述說兩個事情，「不是…，卻是做後面的事/發生了別的事」，後面的事情大都是跟預料、期待相反的結果。可譯作「沒…反而…」。

● **會話中使用方法**

沒關窗戶就睡了。

窓を　閉めないで、
まど　　し

寝ました。
ね

| 說明一 | 她睡得好香甜喔！ |

| 說明二 | 睡覺這一狀態，附帶了「窓を　閉めないで」（沒關窗戶）這一狀態。 |

● **日常會話常用說法**

沒貼郵票就把信寄出去了。	→	切手を　貼らないで　手紙を　出しました。
友子昨晚沒吃晚飯就睡了。	→	友子は　夕べ　晩ご飯を　食べないで　寝ました。
蘋果沒洗就吃。	→	りんごを　洗わないで　食べました。
昨天整晚讀書沒睡。	→	昨日は　寝ないで　勉強しました。

⑰ 自動詞＋ています

CD 52

已…了

動詞 ◀ **自動詞＋ています** ▶ 動作的結果

表示跟目的、意圖無關的某個動作結果或狀態，還持續到現在。
自動詞的語句大多以「…ています」的形式出現。

● 會話中使用方法

書掉了喔！

本が　落ちて
ほん　　　お

いますよ。

說明一 桌上的書掉了下來。不是有誰故意的。

說明二 唉呀！書掉在地上呢！掉在地上這一狀態是在說
話之前發生。而這一動作狀態還持續到現在。

● 日常會話常用說法

書掉了。 ➡ 本が　落ちて　います。
　　　　　　ほん　　お

時鐘慢了。 ➡ 時計が　遅れて　います。
　　　　　　と けい　　おく

河流分支開來。➡ 川が　分かれて　います。
　　　　　　　かわ　　わ

夜空高掛著月
亮。 ➡ 空に　月が　出て　います。
　　　　そら　つき　で

133

已…了

| 動詞 | → | 他動詞＋
てあります | ← | 動作結果的存在 |

表示抱著某個目的、有意圖地去執行，當動作結束之後，那一動作的結果還存在的狀態。可譯作「…著」、「已…了」。他動詞的語句大多以「…てあります」的形式出現。

● **會話中使用方法**

冬天的衣服已經拿出來了。

冬の　服が
ふゆ　　ふく

出して　あります。
だ

説明一 天氣轉涼了。

説明二 所以把冬天的衣服拿出來。

● **日常會話常用說法**

有買信封。	→	封筒は 買って あります。 ふうとう　か
牆上貼著照片。	→	壁に 写真が 貼って あります。 かべ　しゃしん　は
盤子排放好了。	→	お皿が 並べて あります。 さら　なら
便當已經作好了。	→	お弁当は もう 作って あります。 べんとう　つく

名詞

　　表示人或事物名稱的詞。多由一個或一個以上的漢字構成。也有漢字和假名混寫的或只寫假名的。名詞在句中當做主語、受詞及定語。名詞沒有詞形變化。日語名詞語源有：

　　1.日本固有的名詞

　　　水（みず）　　　　　　　　　花（はな）
　　　人（ひと）　　　　　　　　　山（やま）

　　2.來自中國的詞

　　　先生（せんせい）　　　　　　教室（きょうしつ）
　　　中国（ちゅうごく）　　　　　辞典（じてん）

　　3.利用漢字造的詞

　　　自転車（じてんしゃ）　　　　映画（えいが）
　　　風呂（ふろ）　　　　　　　　時計（とけい）

　　4.外來語名詞

　　　バス(bus)　　　　　　　　　テレビ(television)
　　　ギター(guitar)　　　　　　　コップ(cop)

日語名詞的構詞法有：

　　1.單純名詞

　　　頭（あたま）　　　　　　　　ノート（note）
　　　机（つくえ）　　　　　　　　月（つき）

　　2.複合名詞

　　　名詞＋名詞–花瓶（かびん）
　　　形容詞詞幹＋名詞–白色（しろいろ）
　　　動詞連用形＋名詞–飲み物（のみもの）
　　　名詞＋動詞連用形–金持ち（かねもち）

　　3.派生名詞

　　　重さ（おもさ）　　　　　　　遠さ（とおさ）
　　　立派さ（りっぱさ）　　　　　強さ（つよさ）

　　4.轉化名詞

　　　形容詞轉換成名詞–白（しろ）　黒（くろ）
　　　動詞轉換成名詞–帰り（かえり）始め（はじめ）

NOTE

句型

8

句型

我要…

…をください

要求某事物

表示想要什麼的時候，跟某人要求某事物。可譯作「我要…」、「給我…」。

● 會話中使用方法

給我可愛的包包。

かわいい
バッグを　ください。

說明一 店員問你要什麼樣的皮包？

說明二 只要在「…をください」前面加上自己想要的東西，就可以了。

● 日常會話常用說法

我要果汁。	ジュースを　ください。
請給我紅蘋果。	赤い　りんごを　ください。
請給我一張紙。	紙を　一枚　ください。
請給我便宜的。	安いのを　ください。

句型

請…

てください

請求、指示、命令

表示請求、指示或命令某人做某事。一般常用在老師跟學生、上司對部屬、醫生對病人等指示、命令的時候。可譯作「請…」。

● 會話中使用方法

這藥一天吃三次。

この 薬は 一日に
くすり　　　　　いちにち

三回、飲んで ください。
さんかい　　の

説明一 ── 醫生指示病人怎麼吃藥。
病人當然要按照醫生的指示去做。

説明二 ── 只是「…てください」也不算是強制性的，決定權還是在病人身上。

● 日常會話常用說法

請把嘴巴張大。 ► 口を 大きく 開けて ください。
くち　　おお　　あ

請先洗手。 ► 先に 手を 洗って ください。
さき　　て　　あら

請大聲說出來。 ► 大きな 声で 言って ください。
おお　　こえ　　い

沒時間了。請快一點。 ► 時間が ない。早く して ください。
じかん　　　　　はや

句型

請不要…

ないで ください

否定的請求、
指示、命令

表示否定的請求命令，請求對方不要做某事。可譯作「請不要…」。

● 會話中使用方法

不要放太多鹽巴。

あまり　塩を
しお

入れないで　ください。
い

説明一 適當地攝取鹽巴，身體才會健康。

説明二 請對方不要放太多鹽巴。

● 日常會話常用說法

上課請不要說話。	授業中は　話さないで　ください。

請不要拍照。	写真を　撮らないで　ください。

請不要關燈。	電気を　消さないで　ください。

請不要進那間房間。	その　部屋に　入らないで　ください。

句型　てください　ませんか

能否請您…

有禮貌的請求

跟「…てください」一樣表示請求。但是說法更有禮貌，由於請求的內容給對方負擔較大，因此有婉轉地詢問對方是否願意的語氣。可譯作「能不能請你…」。

● 會話中使用方法

能不能請你幫我拍張照。

写真を　撮って
しゃしん　　と

くださいませんか。

説明一 跟對方當然要按照去做的「…てください」相比。

説明二 「…てくださいませんか」可以用在對方不一定要照著做的時候，所以說法要更客氣。

● 日常會話常用說法

能不能告訴我您的尊姓大名?	お名前を　教えて　くださいませんか。
能否請您寫下電話號碼?	電話番号を　書いて　くださいませんか。
老師，能否請您講慢一點?	先生、もう　少し　ゆっくり　話して　くださいませんか。
能否請您一起去東京?	東京へ　一緒に　来て　くださいませんか。

做…吧

ましょう

句型

勸誘

是「動詞ます形＋ましょう」的形式。表示勸誘對方跟自己一起做某事。一般用在做那一行為、動作，事先已經規定好，或已經成為習慣的情況。也用在回答時。可譯作「做…吧」。

● 會話中使用方法

差不多該出門了吧！

そろそろ 出かけましょう。

說明一 別忘了最重要的書包了！路上小心喔！

說明二 七點多了，唉呀「出かけましょう」我們該出門啦！

● 日常會話常用說法

休息一下吧！	ちょっと 休みましょう。
就約九點半見面吧。	九時半に 会いましょう。
一請回家吧。	一緒に 帰りましょう。
把姓名寫大一點吧。	名前は 大きく 書きましょう。

句型 要不要…呢 **ませんか** 有禮貌的勸誘

是「動詞ます形＋ませんか」的形式。表示行為、動作是否要做，在尊敬對方抉擇的情況下，有禮貌地勸誘對方，跟自己一起做某事。可譯作「要不要…吧」。

● 會話中使用方法

要不要一起看場電影？

いっしょに 映画を 見ませんか。
えいが　　　み

說明一 星期假日，想邀女朋友去看場電影。

說明二 工作盡職的女友，不知道能不能挪出時間，那就用體諒對方的方式「ませんか」邀約她吧！

● 日常會話常用說法

週末要不要一起去遊樂園玩。	週末、遊園地へ 行きませんか。 しゅうまつ　ゆうえんち　い
今晚要不要一起去吃飯？	今晩、食事に 行きませんか。 こんばん　しょくじ　い
明天要不要一起去看電影？	明日、いっしょに 映画を 見ませんか。 あした　　　　えいが　み
禮拜天要不要一起下廚？	日曜日、いっしょに 料理を 作りませんか。 にちようび　　　　りょうり　つく

143

句型

想要…

…がほしい

第一人稱
希望得到某物

是「名詞＋が＋ほしい」的形式。表示說話人（第一人稱）想要把什麼東西弄到手，想要把什麼東西變成自己的，希望得到某物的句型。「ほしい」是表示感情的形容詞。希望得到的東西，用「が」來表示。疑問句時表示聽話者的希望。可譯作「…想要…」。

● 會話中使用方法

想要電視和冰箱等等。

テレビや　冷蔵庫など

れいぞう こ

がほしいです。

説明一 看到電器用品大拍賣，是不是很心動？

説明二 想要什麼東西就用「…がほしい」（想要）這個句型，「が」前面是想要的東西。

● 日常會話常用說法

我想要有自己的房間。	私は　自分の　部屋が　ほしいです。 わたし　じ ぶん　　へ や
我想要新的洋裝。	新しい　洋服が　ほしいです。 あたら　　ようふく
我想要多一點的時間。	もっと　時間が　ほしいです。 じ かん
你想要怎樣的情人？	どんな　恋人が　ほしいですか。 こいびと

想要做…

句型 ← たい ← 希望或強烈的願望

是「動詞ます形＋たい」的形式。表示說話人（第一人稱）內心希望某一行為能實現，或是強烈的願望。疑問句時表示聽話者的願望。「たい」跟「ほしい」一樣也是形容詞。可譯作「…想要做…」。

● 會話中使用方法

我想休息一個月左右。

一ヶ月ぐらい、
いっ か げつ

休みたいです。
やす

説明一 說話的這個人想要什麼呢？

説明二 看看前面的動詞，原來她是想要「休む」（休息）呢！

たい→希望某一行為能實現。用在第一人稱。
ほしい→希望能得到某物。用在第一人稱。

● 日常會話常用說法

我想要吃水果。	果物が 食べたいです。
	くだもの た

我想當醫生。	私は 医者に なりたいです。
	わたし いしゃ

我想要出去走走。	どこか 出かけたいです。
	で

今晚想吃什麼？	今晚 何が 食べたいですか。
	こんばん なに た

…的時候…

句型

とき

與此同時
發生其他事情

是「普通形＋とき」、「な形容詞＋な＋とき」、「形容詞＋とき」、「名詞＋の＋とき」的形式。表示與此同時並行發生其他的事情。前接動詞辭書形時，跟「するまえ」、「同時」意思一樣，表示在那個動作進行之前或同時，也同時並行其他行為或狀態；如果前面接動詞過去式，表示在過去，與此同時並行發生的其他事情或狀態。可譯作「…的時候…」。

● **會話中使用方法**

去旅行的時候，拍了照。

旅行に　行ったとき、
りょこう　　い

写真を　撮りました。
しゃしん　　と

說明一— 哇！去旅行耶！看到「とき」前接動詞過去式，知道是過去的事情。

說明二— 去旅行時做了什麼事呢？看後面原來是「写真を　撮りました」（拍了照）囉！

● **日常會話常用說法**

妹妹出生的時候,父親在國外。	妹が　生まれたとき、父は　外国に いもうと　　う　　　　ちち　がいこく いました。
空閒時會到公園散步。	暇なとき、公園へ　散歩に　行きます。 ひま　　こうえん　さんぽ　い
小時候,常在那條河玩。	小さいとき、よく　あの　川で　遊 ちい　　　　　　　　　　かわ　あそ びました。
10歲時有住院。	10歳の　とき、入院しました。 じゅっ さい　　にゅういん

句型

一邊…一邊…

ながら

兩動作同時進行

是「動詞ます形＋ながら」的形式。表示同一主體同時進行兩個動作。這時候後面的動作是主要的動作，前面的動作伴隨的次要動作。可譯作「一邊…一邊…」。

● 會話中使用方法

一邊看電視，一邊吃飯。

テレビを　見ながら、
　　　　　　　み

晩御飯を　食べます。
ばん ご はん　　た

說明一 一家人圍著餐桌，邊吃飯邊看電視呢！

說明二 這句話知道「一邊吃飯」是大家主要的動作，而這一動作一邊伴隨「看電視」一邊進行的。

● 日常會話常用說法

邊看電影邊掉了眼淚。	映画を　見ながら、泣きました。 えい が　　み　　　　　な
邊聽音樂，邊做飯。	音楽を　聴きながら、ご飯を　作ります。 おんがく　き　　　　　はん　　つく
邊抽煙邊看了書。	タバコを　吸いながら、本を　読みました。 　　　　　す　　　　　ほん　　よ
邊走邊唱歌。	歌を　歌いながら　歩きましょう。 うた　うた　　　　　ある

先做…，讓後再做…

句型 → てから ← 強調先做前句，再做後句

是「動詞て形＋から」的形式。結合兩個句子，表示前句的動作做完後，進行後句的動作。這個句型強調先做前項的動作。可譯作「先做…，然後再做…」。

● **會話中使用方法**

先刷牙，再去睡覺。

歯を　磨いてから、
は　　　みが

寝なさい。
ね

説明一 媽媽每天都要叮嚀上一句的！

説明二 「睡覺」前要幹什麼呢？強調要先「刷牙」啦！

● **日常會話常用說法**

洗完澡後吃晚飯。	お風呂に　入ってから、晩ご飯を ふ ろ　　はい　　　　　　　ばん はん 食べます。 た
吃完飯後再吃藥。	食事を　してから、薬を　飲みます。 しょく じ　　　　　　くすり　　の
晚上刷完牙後再睡覺。	よる　歯を　磨いてから、寝ます。 は　みが　　　　ね
放入錄音帶後再按藍色按鈕。	テープを　入れてから、青い　ボタ い　　　　あお ンを　押します。 お

…以後…

句型

たあとで

強調先做前項

是「動詞た形＋あとで」、「名詞＋の＋あとで」的形式。表示前項的動作做完後，做後項的動作。是一種按照時間順序，客觀敘述事情發生經過的表現。而且前後兩項動作相隔一定的時間發生。可譯作「…以後…」。

● 會話中使用方法

洗過澡後，喝啤酒。

お風呂に　入ったあとで、
ふろ　　　　はい

ビールを　飲みます。
の

説明一 對許多日本人而言，洗完澡後喝杯啤酒，可是一種享受呢！

説明二 這裡客觀敘述這兩個動作的順序。

● 日常會話常用說法

打掃後出門去。	掃除したあとで、出かけます。 そうじ　　　　　　　で
洗完澡後，喝啤酒。	お風呂に　入ったあとで、ビールを飲みます。 ふろ　　　はい　　　　　　　　　　の
客人離開後洗了碗。	お客さんが　帰ったあとで、茶碗を洗いました。 きゃく　　　かえ　　　　　　ちゃわん あら
昨天晚上和朋友聊天後就睡了。	昨日の　夜　友達と　話したあとで寝ました。 きのう　よる　ともだち　はな ね

句型 → **まえに** ←客觀敘述兩動作順序

…之前

是「動詞辭書形＋まえに」的形式。表示動作的順序，也就是做前項動作之前，先做後項的動作。句尾的動詞即使是過去式，「まえに」的動詞也要用辭書形。可譯作「…之前，先…」；「名詞＋の＋まえに」的形式。表示空間上的前面，或是某一時間之前。可譯作「…的前面」。

● 會話中使用方法

唸書之前，先到游泳池游泳。

勉強する前に、
べんきょう　　　　まえ

プールで　泳ぎます。
　　　　　　　　およ

説明一「讀書」前，先做什麼呢？

説明二 原來是先到游泳池游泳呢！

● 日常會話常用說法

在看電視之前，先吃了早餐。	テレビを　見る前に、朝ご飯を　食べました。
我都是睡前刷牙。	私は　いつも　寝る前に、歯を　磨きます。
考試之前先讀書。	テストを　する前に、勉強します。
去朋友家之前先打了電話。	友達の　うちへ　行く前に、電話をかけました。

句型

大概…吧

でしょう

說話者的推測

是「動詞普通形＋でしょう」、「形容詞＋でしょう」、「名詞＋でしょう」的形式。伴隨降調，表示說話者的推測，說話者不是很確定，不像「です」那麼肯定。常跟「たぶん」一起使用。可譯作「也許…」、「可能…」、「大概…吧」。

● 會話中使用方法

明天氣溫很高吧！

明日の　気温は
あした　　　き おん

高いでしょう。
たか

説明一 根據氣象的一些資料、數據判斷。

説明二 明天可能氣溫很高吧！

● 日常會話常用說法

明天風很強吧！	明日は　風が　強いでしょう。 あした　かぜ　つよ
他應該會來吧。	彼は　たぶん　来るでしょう。 かれ　　　　く
那個人應該是學生吧。	あの　人は　たぶん　学生でしょう。 ひと　　　　　　がくせい
這份工作約要花上一個小時吧。	この　仕事は　一時間ぐらい　かかるでしょう。 しごと　いちじ かん

151

句型	有時…，有時… **たり、 たりします**
	列舉

是「動詞た形＋り＋動詞た形＋り＋する」的形式。表示動作的並列，從幾個動作之中，例舉出 2、3 個有代表性的，然後暗示還有其他的。這時候意思跟「や」一樣。可譯作「又是…，又是…」；還表示動作的反覆實行，說明有這種情況，又有那種情況，或是兩種對比的情況。可譯作「有時…，有時…」。

● **會話中使用方法**

星期日看看書，聽聽音樂。

日曜日は、本を 読んだり、
にちようび　　ほん　　よ

音楽を 聞いたり して います。
おんがく　　き

説明一 星期假日都做些什麼消遣呢？

説明二 用「…たり…たりする」暗示還有其他的動作，譬如「畫畫」之類的。

● **日常會話常用說法**

冬天又是下雪、又是吹強風。→ 冬は 雪が 降ったり、強い 風が
ふゆ　ゆき　ふ　　つよ　かぜ
吹いたり します。
ふ

禮拜六有時散步有時練吉他 → 土曜日は 散歩したり、ギターを
どようび　さんぽ
練習したり します。
れんしゅう

昨晚和朋友又是喝酒、又是吃飯。→ 夕べは 友達と 飲んだり、食べた
ゆう　　ともだち　の　　た
り しました。

假日又是打掃、又是洗衣服等等。→ 休みの 日は 掃除を したり、
やす　　ひ　　そうじ
洗濯を したり する。
せんたく

變為⋯

句型 **くなります** ← 物體本身的自然變化

表示事物的變化。同樣可以看做一對的還有自動詞「なります」和他動詞「します」。它們的差別在，「なります」的變化不是人為有意圖性的，是在無意識中物體本身產生的自然變化；「します」表示人為的有意圖性的施加作用，而產生變化。形容詞後面接「なります」，要把詞尾的「い」變成「く」。

● 會話中使用方法

臉變紅了。

顔が 赤く なりました。
かお あか

説明一 跟心儀的學長告白，心跳得好快。

説明二 人的身體在自然的情況下，就會變紅。所以用「なります」。

● 日常會話常用說法

| 下午變熱了。 | ➡ 午後は 暑く なりました。
ご ご　　あつ |

| 西邊的天空變紅了。 | ➡ 西の 空が 赤く なりました。
にし　　そら　　あか |

| 這棟房子也變舊了。 | ➡ この 家も 古く なりました。
いえ　　ふる |

| 山田先生的臉變紅了。 | ➡ 山田さんの 顔が 赤く なりました。
やま だ　　かお　　あか |

變為…

句型 → **になります** ← 物體本身的自然變化

表示事物的變化。如上一單元說的，「なります」的變化不是人為有意圖性的，是在無意識中物體本身產生的自然變化。形容詞後面接「なります」，要把語尾的「だ」變成「に」。

● 會話中使用方法

花子小姐變漂亮了。

花子さんは
はな こ

きれいに　なりました。

說明一 人說女大十八變。

說明二 花子以前還是個黃毛丫頭，不知不覺一長大就變漂亮了。所以用「なります」。

● 日常會話常用說法

身體變強壯了。	体が　丈夫に　なりました。
她最近變漂亮了。	彼女は　最近　きれいに　なりました。
這條街變熱鬧了。	この　街は　賑やかに　なりました。
弟弟上高中後變認真了。	高校に　入って、弟は　真面目に　なりました。

⑱ 名詞に＋なります

句型

變為…

になります

物體本身的自然變化

表示事物的變化。如前面所說的，「なります」的變化不是人為有意圖性的，是在無意識中物體本身產生的自然變化。名詞後面接「なります」，要先接「に」再加上「なります」。

● 會話中使用方法

她生病了。

彼女は 病気に
かのじょ　　　びょうき

なりました。

説明一 因為工作過度，所以生病了。

説明二 在過度工作的情況下，人的身體自然就會產生病變。因此用「なります」。

● 日常會話常用說法

已經是夏天了。	もう 夏に なりました。 　　　なつ

| 那裡的夏天，溫度高達了40度。 | そこの 夏は、40度に なりました。
　　　なつ　よんじゅう ど |

| 身高長到180公分了。 | 身長が 180センチに なりました。
しんちょう　ひゃくはちじゅう |

| 每天工作到很晚，結果生病了。 | 毎日 遅くまで 仕事を して、病
まいにち おそ　　　しごと　　　　びょう
気に なりました。
き |

155

使其成為…

句型 **くします** ← 人為使其發生變化

表示事物的變化。跟「なります」比較，「なります」的變化不是人為有意圖性的，是在無意識中物體本身產生的自然變化；而「します」是表示人為的有意圖性的施加作用，而產生變化。形容詞後面接「します」，要把詞尾的「い」變成「く」。

● 會話中使用方法

將頭髮剪短了。

髪の　毛を
かみ　　　け
短く　しました。
みじか

說明一 — 夏天快到了，一頭長髮就是感到熱。沒關係剪個俏麗的短髮不就好了。

說明二 — 頭髮由長變短，這是人為的有意圖性的，所以用「します」。

● 日常會話常用說法

把牆壁弄白。→ 壁を　白く　します。
かべ　しろ

房間弄暖和。→ 部屋を　暖かく　しました。
へや　あたた

把音量壓小。→ 音を　小さく　します。
おと　ちい

加砂糖讓它變甜。→ 砂糖を　入れて　甘く　します。
さとう　い　あま

⑳ 形容動詞に＋します

使其成為…

にします

人為使其發生變化

表示事物的變化。如前一單元所說的,「します」是表示人為的有意圖性的施加作用,而產生變化。形容動詞後面接「します」,要把詞尾的「だ」變成「に」。

● 會話中使用方法

捧紅了花子。

花子を 有名に
はな こ　　　　ゆうめい

しました。

説明一 美貌又多才多藝的花子,讓經紀人看上了。
經過經紀公司的精心安排,花子成了名人。

説明二 花子成為名人,是人為有意圖地去改變的,所以用「します」。

● 日常會話常用說法

捧紅了她。	彼女を 有名に しました。
把這個市鎮變乾淨了。	この 町を きれいに しました。
放音樂讓氣氛變熱鬧。	音楽を 流して、賑やかに します。
去運動讓身體變強壯。	運動して、体を 丈夫に します。

かのじょ　ゆうめい

まち

おんがく　なが　にぎ

うんどう　からだ　じょうぶ

使其成為…

にします

句型

人為使其發生變化

表示事物的變化。再練習一次「します」是表示人為的有意圖性的施加作用，而產生變化。名詞後面接「します」，要先接「に」再接「します」。

● 會話中使用方法

讓孩子成為醫生。

子供を　医者に
こども　　いしゃ

しました。

説明一 天下父母心，很多人都希望小孩成為醫生。

説明二 孩子成為醫生，是父母意圖性的加以改變。所以用「します」。

● 日常會話常用說法

我要讓孩子當醫生。	子供を　医者に　します。 こども　いしゃ
我把香蕉分成一半了。	バナナを　半分に　しました。 はんぶん
把玄關建在北邊。	玄関を　北に　します。 げんかん　きた
把木頭的邊角磨圓。	木の　角を　丸く　します。 き　かど　まる

已經…了

句型

もう

完了

和動詞句一起使用，表示行為、事情到了某個時間已經完了。用在疑問句的時候，表示詢問完或沒完。可譯作「已經…了」。

● 會話中使用方法

已經點開暖爐了。

もう　ストーブを　つけました。

説明一 「開暖爐」是動詞句。

説明二 看到「もう」知道「開暖爐」這個動作已經完成了。

● 日常會話常用說法

病已經治好了。	病気は　もう　治りました。
妹妹已經出門了。	妹は　もう　出かけました。
已經洗過澡了。	もう　お風呂に　入りました。
工作已經結束了。	仕事は　もう　終わりました。

已經…

句型 → **もう** ← 無法持續某狀態

「否定」後接否定的表達方式，表示不能繼續某種狀態了。一般多用於感情方面達到相當程度。可譯作「已經不…了」。

● **會話中使用方法**

我已經吃不下了。

もう　食べたく
ありません。

說明一 哇！吃得肚子這麼圓！

說明二 看到「もう」後接否定的方式，知道這已經達到極限了，沒辦法再吃了。

● **日常會話常用說法**

已經不痛了。	もう　痛く　ありません。
已經不冷了。	もう　寒く　ありません。
已經沒紙了。	紙は　もう　ありません。
我已經不想喝了。	もう　飲みたく　ありません。

句型

還…

まだ

從過去持續到現在

表示同樣的狀態，從過去到現在一直持續著。可譯作「還…」。
也表示還留有某些時間或東西。可譯作「還有…」。

● 會話中使用方法

木村先生還在對面。

木村さんは　まだ
きむら

向こうに　います。
む

說明一 木村先生之前就在馬路的那邊。

說明二 現在「まだ」（還）在對面呢！

● 日常會話常用說法

還有時間。	まだ　時間が　あります。

茶還很燙。	お茶は　まだ　熱いです。

天色還很亮。	空は　まだ　明るいです。

還是通話中嗎?	まだ　電話中ですか。

161

句型

まだ

還（沒有）…

預定的狀況還未發生

表示預定的事情或狀態，到現在都還沒進行，或沒有完成。可譯作「還（沒有）…」。

● 會話中使用方法

爸爸還沒回來。

父は　まだ
ちち

帰って　いません。
かえ

說明一 爸爸應該要回來了。

說明二 但是還沒回來，用「まだ」後接否定來表示。

● 日常會話常用說法

| 習題還沒做完。 | 宿題は　まだ　終わりません。 |
しゅくだい　　　　　お

| 還沒有記好日語。 | 日本語は　まだ　覚えて　いません。 |
にほんご　　　　　　おぼ

| 圖書館的書還沒還。 | 図書館の　本は　まだ　返して　いません。 |
としょかん　　ほん　　　　　かえ

| 什麼都還沒吃。 | まだ、何も　食べて　いません。 |
なに　　た

句型 ┤ 叫做…

という

名稱

表示說明後面這個事物、人或場所的名字。一般是說話人或聽話人一方，或者雙方都不熟悉的事物。可譯作「叫做…」。

● 會話中使用方法

這幅畫叫：「向日葵」。

これは　「ひまわり」
という　絵です。
え

説明一 ─ 這是什麼「畫」呢？解說員介紹給參觀者。

説明二 ─ 這幅畫叫「向日葵」。

● 日常會話常用說法

那是什麼狗？ →	あれは　何という　犬ですか。
那家店叫什麼名字？ →	あの　店は　何という　名前ですか。
這是什麼水果？ →	これは　何という　果物ですか。
這是名叫「芒果」的水果。	これは　「マンゴー」という　果物です。

句型

打算…

つもり

意志或意圖

是「動詞辭書形＋つもり」的形式。表示打算作某行為的意志。這是事前決定的，不是臨時決定的，而且想做的意志相當堅定。可譯作「打算」、「準備」。相反地，不打算的話用「動詞ない形＋つもり」的形式。

● 會話中使用方法

準備旅行三個禮拜左右。

三週間ぐらい、
さんしゅうかん

旅行する　つもりです。
りょこう

說明一 好不容易的一趟旅行，一定要好好計畫喔！

說明二 「旅行三個禮拜左右」，是事前堅決的打算。

● 日常會話常用說法

我今年準備買車。	今年は　車を　買う　つもりです。 ことし　くるま　か
暑假打算去日本。	夏休みには　日本へ　行く　つもりです。 なつやす　にほん　い
下個月打算去聽演唱會。	来月、コンサートに　行く　つもりです。 らいげつ　い
今年不打算去海外旅行。	今年は　海外旅行　しない　つもりです。 ことし　かいがいりょこう

取得…

句型

…をもらい
ます

從某人得到某物

表示從某人那裡得到某物。「を」前面是得到的東西。給的人一般用「から」或「に」表示。可譯作「取得」、「要」、「得到」。

● 會話中使用方法

娘から
むすめ

手紙を　もらいました。
て がみ

女兒寄信來了。

說明一 從這句話的意思知道，收到這封信的不是母親就是父親。

說明二 「を」前面是收到的東西「信」，「から」表示寄出的人是「女兒」。

● 日常會話常用說法

他送我花。	彼から　花を　もらいました。 かれ　　はな
我從爸媽那裡收到了生日禮物。	親から　誕生日プレゼントを　もらいました。 おや　　たんじょう び
從朋友那裡拿到了名產。	友人から　お土産を　もらいました。 ゆうじん　　みやげ
我從他那裡收到了結婚戒指。	彼から　婚約指輪を　もらいました。 かれ　　こんやくゆび わ

句型

…在…

…に…があります／います

某處有某物（人）

表示某處存在某物或人。也就是無生命事物，及有生命的人或動物的存在場所，用「（場所）に（物）があります　（人）がいます」。表示事物存在的動詞有「あります・います」，無生命的自己無法動的用「あります」；「います」用在有生命的，自己可以動作的人或動物。可譯作「某處有某物或人」。

● 會話中使用方法

媽媽在廚房。

台所に　母が
だいどころ　　はは

います。

說明一 存在的廚房用「に」表示。

說明二 「媽媽」是有生命物體，所以用「います」。

● 日常會話常用說法

房間裡有姊姊。	部屋に　姉が　います。 へ や　　あね
北海道那邊有哥哥。	北海道に　兄が　います。 ほっかいどう　　あに
箱子裡有甜點。	箱の　中に　お菓子が　あります。 はこ　なか　　か し
市鎮的東邊有一條長河。	町の　東に　長い　川が　あります。 まち　ひがし　なが　かわ

166

句型

…在…

…は…にあります／います

某物（人）在某處

表示某物或人，存在某場所用「（物）は（場所）にあります／（人）は（場所）にいます」。可譯作「某物或人在某處」。

● 會話中使用方法

書在圖書館。

本は　図書館に
ほん　　としょかん

あります。

説明一 存在的書本用「は」表示。

説明二 存在的地方除了用場所助詞「に」表示，後面要用動詞「あります」。

● 日常會話常用說法

姊姊在房間。	姉は　部屋に　います。 あね　へや
他在國外。	彼は　外国に　います。 かれ　がいこく
廁所在那邊。	トイレは　あちらに　あります。
蔬果店在郵局的隔壁。	八百屋は　郵便局の　隣に　あります。 やおや　ゆうびんきょく　となり

副詞

　　說明用言（動詞、形容詞、形容動詞）的狀態和程度，屬於獨立詞而沒有活用，主要用來修飾用言的詞叫副詞。

　　1. 副詞的構成有很多種，這裡舉出下列五種：

（1）一般由兩個或兩個以上的平假名構成。

　　　　ゆっくり／慢慢地
　　　　とても／非常
　　　　よく／好好地，仔細地
　　　　ちょっと／稍微

（2）由漢字和假名構成

　　　　未だ（まだ）／尚未
　　　　先ず（まず）／首先
　　　　既に（すでに）／已經

（3）由漢字重疊構成

　　　　色色（いろいろ）／各種各樣
　　　　青青（あおあお）／綠油油地
　　　　広広（ひろびろ）／廣闊地

（4）形容詞的連用形構成副詞

　　　　厚い→厚く　　　　　　　赤い→赤く
　　　　白い→白く　　　　　　　面白い→面白く

（5）形容動詞的連用形「に」構成副詞

　　　　静か→静かに／安靜地
　　　　綺麗→綺麗に／整潔地

　　2.以內容分類有：

（1）表示時間、變化、結束

　　　　まだ／還
　　　　もう／已經
　　　　すぐに／馬上，立刻
　　　　だんだん／漸漸地

（２）表示程度

　　あまり…ない／不怎麼…

　　すこし／一點兒

　　たいへん／非常

　　ちょっと／一些

　　とても／非常

　　ほんとうに／真的

　　もっと／更加

　　よく　／很，非常

（３）表示推測、判斷

　　たぶん／大概

　　もちろん／當然

（４）表示數量

　　おおぜい／許多

　　すこし／一點兒

　　ぜんぶ／全部

　　たくさん／很多

　　ちょっと／一點兒

（５）表示次數、頻繁度

　　いつも／經常，總是

　　たいてい／大多，大抵

　　ときどき／偶而

　　はじめて／第一次

　　また／又，還

　　もう一度／再一次

　　よく／時常

（６）表示狀態

　　ちょうど／剛好

　　まっすぐ／直直地

　　ゆっくり／慢慢地

NOTE

副詞

—— 9 ——

CD 68

不怎麼…

あまり
…ない

副詞

程度不特別高

「あまり」下接否定的形式，表示程度不特別高，數量不特別多。
在口語中加強語氣說成「あんまり」。可譯作「(不)很」、「(不)
怎樣」、「沒多少」。

● 會話中使用方法

星期日不怎麼忙。

日曜日は あまり
にちよう び

忙しく ないです。
いそが

說明一 「星期日」怎麼樣呢？

說明二 「不怎麼忙」啦！

● 日常會話常用說法

我不怎麼喝酒。	あまり お酒は 飲みません。
不大想去。	あまり 行きたく ありません。
今天不大忙。	今日は あまり 忙しく ありません。
我以前身體不大好。	私は あまり 丈夫では ありませんでした。

接續詞

—10—

接續詞

　　接續詞介於前後句子或詞語之間，起承先啟後的作用。接續詞按功能可分類如下：

1. 把兩件事物用邏輯關係連接起來的接續詞

（一）表示順態發展。根據對方說的話，再說出自己的想法或心情。或用在某事物的開始或結束，以及與人分別的時候。如：

それでは 那麼

例：「この　くつ、ちょっと　大^{おお}きいですね。」
　　「それでは　こちらは　いかがでしょうか。」

「這雙鞋子，有點大耶！」
「那麼，這雙您覺得如何？」

それでは、さようなら。
那麼，再見！

（二）表示轉折關係。表示後面的事態，跟前面的事態是相反的。或提出與對方相反的意見。如：

しかし 但是

例：時間^{じかん}は　あります。しかし　お金^{かね}が　ない。
我有時間，但是沒有錢。

（三）表示讓步條件。用在句首，表示跟前面的敘述內容，相反的事情持續著。比較口語化，比「しかし」說法更隨便。如：

でも 不過

例：たくさん　食^たべました。でも　すぐ　お腹^{なか}がすきました。
吃了很多，不過肚子馬上又餓了。

2.分別敘述兩件以上事物時使用的接續詞

（一）表示動作順序。連接前後兩件事情，表示事情按照時間順序發生。如：

そして 接著

例：食事を して、そして 歯を 磨きます。

用了餐，接著刷牙。

それから 然後

例：昨日は 映画を 見ました。それから 食事を しました。

昨天看了電影，然後吃了飯。

（二）表示並列。用在列舉事物，再加上某事物。如：

そして 還有、それから 還有

例：彼女は 頭が 良いです。{そして／それから} かわいいです。

她很聰明，也很可愛。

這次一定要學會日文法

[25K＋MP3]

【私房教學 10】

- 發行人／**林德勝**

- 著者／**吉松由美**

- 出版發行／**山田社文化事業有限公司**
  地址 臺北市大安區安和路一段112巷17號7樓
  電話 02-2755-7622 02-2755-7628
  傳真 02-2700-1887

- 郵政劃撥／**19867160號 大原文化事業有限公司**

- 總經銷／**聯合發行股份有限公司**
  地址 新北市新店區寶橋路235巷6弄6號2樓
  電話 02-2917-8022
  傳真 02-2915-6275

- 印刷／**上鎰數位科技印刷有限公司**

- 法律顧問／**林長振法律事務所 林長振律師**

- 書＋MP3／**定價 新台幣 299 元**

- 初版／**2018年02月**

© ISBN：978-986-246-488-5
2018, Shan Tian She Culture Co. , Ltd.